マイクル・クライトン
ダニエル・H・ウィルソン
訳＝酒井昭伸

アンドロメダ病原体―変異―

THE ANDROMEDA EVOLUTION

MICHAEL CRICHTON

A Novel by DANIEL H. WILSON

上

早川書房

アンドロメダ病原体
―変異―
〔上〕

THE ANDROMEDA EVOLUTION
by
Daniel H. Wilson

Translated by
Akinobu Sakai
First published 2020 in Japan by
Hayakawa Publishing, Inc.
This book is published in Japan by
arrangement with
CrichtonSun LLC
c/o William Morris Endeavor Entertainment, LLC
through The English Agency (Japan) Ltd.

Designed by Lucy Albanese

M・C・に

目　次

〔下巻目次〕

登場人物

ジェイムズ・ストーン………ロボット工学者
ニディ・ヴェーダラ…………材料科学・ナノテクノロジーの専門家
ハラルド・オディアンボ……地球外地質学者。野外科学者
ポン・ウー……………………人民解放軍少佐。元宇宙飛行士。野外科学者
ソフィー・クライン…………国際宇宙ステーションの女性宇宙飛行士。ナノロボット工学、ナノ生物学の専門家
エドゥアルド・ブリンク……合衆国陸軍特殊部隊軍曹
ランド・L・スターン………合衆国空軍大将。合衆国北方軍（NORTHCOM）および北米航空宇宙防衛司令部（NORAD）司令官
ステイシー・ホッパー………フェアチャイルド空軍基地〈永遠の不寝番〉担当大佐
ジン・ハマナカ………………国際宇宙ステーションの女性宇宙飛行士
ユーリー・コマロフ…………同、男性宇宙飛行士

アンドロメダ変異体報告書

このファイルは極秘文書である

許可なき者がこれを閲覧したときは
20年以下の禁錮刑
および250,000ドル以下の罰金刑
に処せられることがある。

封印が破れているときは
引渡人から受け取ってはならない

引渡人は法規にしたがって受取人に7592号カードの呈示を要求しなければならない。身分証明書の確認なくこのファイルを引き渡すことは許されない。

マシンスコアは下のとおり

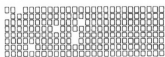

まえがき

本報告書に記載されているのは、人類を危うく絶滅に追いこみかけた、六日間におよぶ科学的危機の詳細な再構成である。

ご一読いただく前に、ぜひともこのことを認識しておいていただきたい。先進的テクノロジーはわれらが現代世界の一大特徴だが、テクノロジー自体はけっして今回の危機の原因ではない（ただし、危機を悪化させることはあったが）。アンドロメダ病原体の変異体に対しては、それにまつわる協調行動においても、科学的な洗練においても、前代未聞の対応がなされた。それは科学上の偉業といっていいだろう。しかしながら、悲劇的な過ちにより、恐るべき破壊と大量の生命消滅の寸前にまで事態が進んだのも、やはり科学上の偉業に原因があったといえる。以上に鑑《かんが》みれば、この物語はなんとしても語っておく必要がある――とりわけ、いまの時代にあっては、これまで以上に、声を大にして。

現在は人類史のどの時点とくらべても、ずっと多くの人間が地球上を闊歩《かっぽ》している。何十億もの人口が存続していられるのは、われわれがみずからの繁栄のために構築したテクノロジーに基づくインフラストラクチャーのおかげといってよい。もしもこのインフラが破綻《はたん》しようものなら、われわれはあすにでも、ひとり残らず滅んでしまうかもしれない。

筆者としては、今回の一連のできごとに関する詳細な報告を通じて、科学的進歩の能力と限界が——その光明と暗黒が——読者諸氏の胸にせまることを祈るばかりである。

事件の正確かつ詳細な再構成は、直接・間接を問わず、この災厄にかかわった方たち、および相当数の各分野の専門家や事実検証者の、多大なる貢献によってはじめて可能となった。ご協力いただいた諸氏に心よりお礼申しあげたい。ただし、本稿に過誤や遺漏があるとしたら、それはすべて筆者の責任である。

技術に関する章単位でのチェックについては、以下の方々に深甚の謝意を捧げるものである。(元)合衆国空軍ジェイク・B・ウィルコックス大尉、中国国家航天局(CNSA)のリウ・ワン博士、カーネギー・メロン大学ロボット工学研究所のディーパーヤン・カーン博士、シカゴ・ダイナミックス・インコーポレイテッドのデイヴィッド・ボーマン氏、ブラジル国立先住民保護財団(FUNAI)未接触先住民課のリカルド・ボーアス氏、NASAジョンソン宇宙センターのジェーン・ハースト博士。

本報告書が形をなしえたのは、合衆国陸軍大佐であり、教授であり、ウェスト・ポイントの合衆国陸軍士官学校/電気工学・コンピュータ科学部/学部長でもあるパメラ・サンダーズ博士の、献身的な協力に負うところが大きい。サンダーズ博士は、彼女が教える忍耐強い学生たちの協力を得て、何千時間分にもおよぶ映像、音声記録、カメラから回収された生《ロー》のままのセンサー・データ、国際宇宙ステーションのログ、サルベージされた空中ドローンの記録、さらには（国家偵察局の協力のもとに得られた）衛星監視システムの記録等々について、検証、文字起こし、分類を行なってくれた。

　とりわけ深く感謝したいのが、第二次ワイルドファイア計画の生存者の面々である。ミッション終了後、当局に報告をすませた彼らが、後日、時間を割いてくれたおかげで、筆者は彼らの前にすわり、細部にいたるまで詳細に実体験を語ってもらうことができた。残念ながら生き残れなかったメンバーについては、その友人、同僚、家族各位に対し、心よりお礼を申しあげる。彼らは悲しみをこらえて、親しい者のみが知る逸話を明かし、故人の人となり、専門知識、動機を浮き彫りにしてくれた。本来ならば無味乾燥な技術的記述の羅列に終始するはずであった本稿が、事態を活写し、人間味を持った読み物として息づいているとすれば、それは彼らの善意に満ちた協力のおかげにほかならない。

　多数の個人的視点と厳然たる事実とを擦《す》りあわせ、まとめあげることによって筆者が試みたのは、五日間の恐るべきできごとを発生せしめた恐怖と驚異とを把握することである。読者にはいくつかの事例について、たんなる事実の羅列でしかない、事務的な報告に耐えてもらわねばならない。しかし、可能な場合、筆者は事実に基づいて報告された主観的な意見、思考、感情に基づき、リアルなルポルタージュを試みている。私見と事実を基に、できごとを再構成するにあたっては、僭越《せんえつ》ながら、より伝統的な叙述形式を採用させていただいた。

最後に、なによりも重要な謝意をかかげる。本報告書は、医師の資格を持つ故マイクル・クライトン氏の革新的な大著なくしては成立しえなかった。その深い洞察力によって、氏は関係者の固い沈黙の殻を打ち破り、今回の事件に先立つ第一次アンドロメダ事件を紹介して、世界を震撼《しんかん》させた。五十年前に刊行されたオリジナルの報告書、『アンドロメダ病原体』は、科学的進歩が持つ大いなる可能性と恐るべき制約に対し、何百万人もの目を向けさせた功績を持つ。他の数えきれない読者と同様に、筆者もまた、クライトン氏の諸々《もろもろ》の貢献について、尽きせぬ畏怖《いふ》と深い恩義を感じるものである。

今回の新たな危機が、第一次アンドロメダ事件と同様、人間の傲慢《ごうまん》さ、意思疎通の不足、明白な不運という、昔ながらのマイナス要素にともなって発生したことを知れば、読者は気が滅入《めい》るかもしれない。しかしながら筆者には、特定の機関や故人を誹《そし》り、非難する意図などは毛頭ない。現時点では、登場人物ひとりひとりが、この物語におけるヒーローであると信じて読んでもらうほかなさそうだ——たとえ後世において、悪党だと判断される者がいるとしても。

その判断は読者諸氏におまかせしよう。

本報告書に登場し、さまざまなできごとを経験する科学者たち、宇宙飛行士たち、軍人たちは、各章において、強みも弱みも持った人間として描かれる。破滅を前にして驚くほどのヒロイズムを示した者たちもいれば、肝心の時に失敗した者たちもいる。しかしここには、ひとりとして無意味な行動をとった者はいない。彼らのおかげで、すくなくともわれわれは、ここにこうして生きていられる。そして、人間の生存努力をつづるこの驚異の記録を生きて読み、そこから学ぶことができる。かくして、ここに記された雄々しい物語は、いまではこのコードネームで知られるにいたった。そのコードネームこそは、本報告書のタイトルにほかならない。

二〇一九年一月
オレゴン州ポートランドにて
D・H・W・

第0日
接　触

未来はたいていの人が認識しているよりも
早く訪れる。

——マイクル・クライトン

1　未知の現象

すべてがふたたび始まったとき、パウロ・アラーニャは退屈していたと思われる。退屈していたし、眠くもあっただろう。所属するブラジル国立先住民保護財団の定年まで、あと一年。この組織はポルトガル語でフンダソン・ナシオナル・ド・インジョといい、その頭文字をとってFUNAIと略称される。パウロが詰める監視小屋は、アマゾン盆地に広がる政府保護区の外縁部に位置していた。

パウロはここのセルタニスタ――ブラジルの奥地を知りつくした保護官だ。年齢は五十代なかばで、この年齢になるまで、ずっとブラジル奥地の未開拓地保護に携わってきた。いまは白熱電球の下にすわって――電気の供給は発電機頼みのため、灯りは不安定にちらついている――うとうととまどろんでいるところだ。眠けをもよおすのは、朝を迎えて、気温がぐんぐん上がっていくせいもあった。開かれた監視小屋の窓からは、すっかり耳に馴《な》じんだ未開の密林特有の音が聞こえている。

すくなくとも十キロは太りすぎなこともあって、パウロが着ているＦＵＮＡＩの制服には——色はオリーブ色だ——汗じみができている。彼がすわる椅子の前には古びた金属製のデスクが置いてあり、その上にはさまざまな電子機器がところせましとならべてあった。

ふと目覚めたパウロは、いつもの習慣でひざの上に目をこらした。やおら、太短いが信じられないほど器用な指を使って、手巻きタバコをくるくると巻いていく。

頬に生えた不精ひげはすでにごま塩になり、視力もだいぶ衰えてきてはいたが、タバコを巻く動作は着実ですばやく、ためらいもなければ、指が震えることもない。

巻いたタバコ《シガーホ》に火をつけ、深々と煙を喫《す》いこみ、満足げにふうっと吐きだす。この時点ではまだ、コンピュータ・モニターで点滅する赤い警告表示には気づいていない。

それはささやかな見落としだった。通常ならば、なんの問題にもならなかっただろう。しかし、こと今回にかぎっては、この見落としが深刻な事態を招く。すでに危機の胎動は始まっており、その危機は幾何級数的に膨れあがりつつあった。赤い警告表示が見落とされたのは、じつは丸まった黄色い付箋《ふせん》（この一帯の釣り場に関する指示）の陰に隠れていたからだ。この警告表示は、きのうの午後遅くから、顧みられることなく、ずっと点滅しつづけていたのである。

赤く点滅する円形の画素群《ピクセル》——それは地球規模で広がる非常事態の、最初の幕があがったことを告げるものだった。

高度三百メートルの高みを、イスラエル製の無人航空機《ＵＡＶ》——いわゆる空中ドローンが、安定したエンジン音を響かせつつ、広大なアマゾンの密林上空を哨戒《しょうかい》していた。機体のサイズはスクールバスほどもある。通称は〈アブートレ＝ヘイ〉――ポルトガル語で〈禿鷲の王〉の意味である。その車輪は密林の赤みを帯びた泥にまみれているが、これは滑走路が未整地だからだ。白い機体には昆虫の死骸が筋状にびっしりとこびりついている。こんなふうに汚れてはいても、このドローンはスマートで、見る者に猛禽《もうきん》の猛々《たけだけ》しさを連想させた。あたかも、はるかな未来から時間を逆行し、有史前の地上の上空を調査しにきた、高度な飛行体のようでもある。

　密林の樹冠が形成する大樹海は、見わたすかぎりどこまでも、はるか地平線の彼方にまで広がっている。その緑の大海の上空を、終わりなき任務を帯びて、〈アブートレ＝ヘイ〉は遊弋《ゆうよく》しつづける。またたかない黒い目――ジャイロスタビライザーで安定させた自己洗浄機能つきカメラレンズが向けられているのは、つねに眼下の大地だ。カメラのほかに、搭載する超広帯域合成開口レーダー・ユニット〈探索体《シーカー》〉は、雨、塵《ちり》、霧を透過できる電波を一定間隔のパルスで放ち、複雑な地形を〝照らしだして〟、地上の状況をつぶさに把握できる。広大な範囲を、大きくぐるぐると旋回するこのドローンは、環境監視《モニタリング》と写真測量に特化した専用機で、倦《う》まずたゆまず、アマゾン盆地の超高解像度マップを作っては測り、測っては作りをくりかえす。

　そのデータが送られてくる監視小屋において、絶えず現況をアップデートされ、コンピュータ・モニターで自動的に生成されるイメージを、パウロはいま、漫然と眺めていた。ときおりその口から、独特の臭気を含む紫煙が吐きだされる。タバコはいつも口のはたの定位置に咥《くわ》えられており、タバコの口もとちかくは唾液《だえき》で濡《ぬ》れている。

14：08：24協定世界時《UTC》。

すべてが一変したのはこの瞬間のことだった。

このとき、合成されたマップ上に、突如として垂直のブロックが出現したのである。

それとともに、いままで隠れていた赤い警告表示が左へ五十ピクセル移動し、付箋の縁《ふち》から顔を覗かせた。

パウロ・アラーニャは愕然《がくぜん》とし、点滅する赤丸を見つめた。

のちに回収されたウェブカメラの映像を本人が見たなら、しきりにまばたきする自分の姿が映っていただろう。まばたきをするのは、すこしでもはっきりモニターを見るためだ。ついでパウロは、画面の付箋をぴっと剝《は》ぎとり、くしゃくしゃに丸めた。完全に見えるようになった丸が点滅しているのは、〈アブートレ＝ヘイ〉が密林に発見したなにかのイメージ――の縮小画像《サムネイル》のすぐ下だった。それがいったいなんのイメージなのか、パウロには見当もつかない。

ＦＵＮＡＩにおけるパウロ・アラーニャの仕事は、密林の状況を監視し、アマゾン上流域最東部周辺に設けられた立入禁止区域への侵入を防ぐことにある。面積八百三十万ヘクタールにわたって途切れることなくつづくこの密林は、貴重このうえない自然の宝庫であり、世界最大の生物多様性集中地であるとともに、〈先住民の地《テーハ・インディージェナ》〉――アマゾンに住む約四十の未接触部族の居住地でもある。ここに住む先住民たちは、外界のテクノロジーにも病気にも、まったく接触したことがないか、きわめて限定的にしか接触していない。

この地域は頻繁に、豊かな自然を目あてにした外界の侵入にさらされている。周辺地域の貧窮した地元民たちは、シロアリの群れのごとく保護区に忍びこんできては、いまだ人の手が触れぬ支流で魚をとらえようとしたり、貴重な絶滅危惧《きぐ》種を密猟しようとしてはばからない。樵夫《きこり》は樵夫で、クラナの巨木を伐《き》り倒そうと隙をうかがっている。セドロ、またはスペイン杉とも呼ばれるこの高木は、闇市場では何千ドルもの額で取り引きされる。そしてもちろん、ブラジル南部から中央アメリカへ向かう途中、ここを経由していく各麻薬組織《ナルコトラフィカンテ》の連中も絶えざる深刻な脅威となっている。

したがって、自然保護のためには、常日ごろから監視を怠らないことが大切なのだ。

ニコチンで染まった人差し指で、パウロはキーボードのキーをたたき、プログラム〈マーヴィン〉を起動した。このプログラムが走るコンピュータは、デスクの下に押しこんである。ベージュのプラスティック筐体《きょうたい》に収まったこの機械は、何年か前、アメリカの大学院との共同研究が行なわれたさいに置いていかれたものだ。くたびれた筐体には、これといった特徴はない。目を引くのはせいぜい、前面にテープで貼られた『ザ・シンプソンズ』のキャラクターのプリントアウトくらいで、それも色褪《いろあ》せてしまっている。

しかし、この筐体内で走る〈マーヴィン〉は、高度なニューラル・ネットワークを備えており、そのエキスパート・システムは、何万ヘクタールにもおよぶ本物の密林画像で〝鍛え〟られ、一億回以上ものシミュレーションをこなしてきた実績を持つ。

事実、これまでに〈マーヴィン〉は、彼方の密林に麻薬組織の者たちが伐り開いた長さ四百メートルの滑走路を識別したことがあるし、密林の奥深く、ナメクジの這《は》ったあとのように走る搬出路を特定したこともある。それも、偽装のため、ひときわ大きな樹々は意図的に伐らず、そのまま残してあったというのにだ。ときおり、未接触部族が建てた共同家屋《マロッカ》の小屋を発見することもあった。これは外界が知らない部族の世界をかいま見る、たぐいまれな機会といえる。

〈マーヴィン〉に関してなによりも重要なのは、ものの数秒のうちに、二千五百ヘクタール以上もの範囲を高解像度で走査できる能力だった。これは人間には――どんなに熟練の研究者であっても――とうていまねのできない芸当だ。

パウロはこのプログラムがきわめて賢い《ムイト・インテリジェンテ》ことを知っている。にもかかわらず、〈マーヴィン〉は今回の新しいデータを〝識別不能〟と判断し、分析を放棄した。つまりこれは、〈マーヴィン〉が遭遇したことのないアルゴリズム――何ペタバイトも積みあげてきた走査データ中には見つからない、はじめての事例ということだ。

じっさいそれは、かつていかなる人間も見たことのない現象だった。

それゆえ、画面に表示された回答はこれだけだった。

〈分類結果　未知〉

しかも〈マーヴィン〉は、確率分布の提供すらしていない。

気にいらなかった。パウロはのどの奥で驚きと懸念のうめきをあげた。口の端にはさんだタバコがわななく。それから、一連のキーを手早くたたき、サムネイル画像を拡大表示させた。ありとあらゆる表示可能な角度からじっくりと画像を検分し、ささやかな異常として片づけるべく、あれやこれやと頭をひねる。だが、むだだった。この奇妙な光景にはどうしても説明がつかない。

なにか黒いもの。それが密林の奥地から突きだしている。なにかきわめて大きなものが。

パウロは片手で紫煙を払い、突き出た腹を冷たい金属デスクの天板に食いこませ、モニターに顔を近づけると、眉根を寄せて、あまりよく見えない画面をにらんだ。髪の大きく後退した頭に冷や汗がにじみ、頭上にぶらさがる白熱電球の強烈な光を受けて光っている。

「だめだな」のちに回収されたウェブカメラ映像で、このとき、パウロはそうつぶやいている。「ありえない《イスト・エ・インポシーヴェル》」

くたびれた3Dプリンターのスイッチを親指でパチンと入れ、じりじりと原形《ロー》のイメージ・データが箱形プリンターに転送されるのを待つ。ほどなく、監視小屋の中に融けた蠟《ろう》のようなにおいがただよった。プリンターのレーザー・アレイが動きだし、樹脂材料を融かしはじめたのだ。プリンターの平坦な底部の上で、徐々に徐々に、硬化した樹脂の層が積層していく。形のなかった樹脂素材が、すこしずつ立体地図として形をなしはじめる。

白い樹脂の山が盛りあがり、密林の樹冠の海が精密に成型されていった。こうして見ると、なんだかカリフラワー畑のようだ。

無意識にタバコを巻き、火をつけた。形のない樹脂からゆっくりと現われてくる新たな世界には、あえて注意を向けないようにする。樹脂一層ぶんが硬化するのに要する時間は数秒程度だ。そうやって一層が固まるたびに、密林のスケールモデルが完成に近づいていく。動悸《どうき》を打たせながら、ポキポキと一本ずつ指を鳴らし、無言で煙をくゆらして、見るとはなしにプリンターを眺めた。

〈マーヴィン〉が八〇パーセントの確率で識別できないというまれな事例が生じたとき、決断を下すこと——それがパウロの役目である。ゆえに彼は、機械には絶対にまねのできない、繊細な感覚にたよることにした。触覚である。

触覚とは、生物がもっとも古くから持つ感覚だ。人体はほぼ全身を触覚センサーでおおわれており、体性感覚にかかわる神経回路は、未知のもの、研究されていないものも含めて、他の複数の知覚系と重なりあっている。そして、数ある触覚の機械受容器のうち、ひときわ発達している部位、それが人間の唇、舌、足——とりわけ指先だ。

なかでもパウロは、格別に鋭敏な指先を持つ。人間が機械に勝《まさ》る機能のひとつにおいて、とくに秀でた才能を持っているのがパウロなのである。

パウロは目を半眼に閉じ、できあがった立体地図の表面にそっと指先をあてがった。触れるのは左右の親指を除く八本の指だ。はじめはなでたりせず、ただ触れるだけにとどめる。そして、すこしずつ指先に圧力を加えていき、ほどよい力加減を見きわめる。ついで、精密に再現された樹海の表面をなぞり、横に指先をすべらせだした。

適切に発達させさえすれば、皮膚の触覚受容器が持つ識別力は視覚のそれを超える。この立体地図の一センチは、ざっくりいうと、じっさいの地形の四十メートルに相当する。縮尺四千分の一の凹凸——そんなものを検知できるのは人間の指だけだ。どれほど高性能のコンピュータといえども、電子的な画像分析に頼っているうちは、人間の皮膚の空間分解能に遠くおよばない。

じっさい、これまでにパウロは、立体地図の樹海の表面をなでただけで、識別不可とされたデータ・サンプルの実態を把握することに成功してきた。たとえば、チェーンソーで樹々を伐採して設けた荒い滑走路や、新たに発見された人跡未踏の支流の、なめらかな川岸などだ。

完全に目を閉じ、火の消えたタバコを口に咥えたまま、パウロは立体地図に身をかがめると、樹々の天蓋《てんがい》に顔を近づけた。両手を伸ばし、盲《めし》いた神が地球の表面をなぞるように、密林の表面をなぞりはじめる。

ほどなく、指先が硬くて不自然な輪郭を探りあてた。これはいったい……なんの輪郭だろう？ パウロ・アラーニャは、のどの奥で小さくうめき声を発した。なんであれ、それはたしかに存在する。しかし、これがある場所の付近には、いっさい道路がない。建築現場の形跡もない。だとしたら、こんなものがあるはずがない。これほど奥地の、原生林のまっただなかに、これほど巨大なものが単独で存立できるはずがないではないか。にもかかわらず、指先にはたしかな手ごたえがある——顔に生えた不精ひげと同じほどたしかな手ごたえが。

密林にそびえるそのなにかは、周辺の樹冠からすくなくとも三十メートルは高く屹立《きつりつ》しており、横に長く、上から見るとすこし湾曲していた。壁のようでもある。何万ヘクタールにもわたって樹々が途切れずに広がるなかで、その存在は多雨林の神秘性を損なっていた。しかもそれは、どこからともなく出現したように思える。

この構造物らしきもののまわりには、なにかがぼろぼろと崩れていくような感覚があった。これは……死の感触だ。原生林の樹々が生長を阻害され、何千本と枯死しているのだ。この構造物は悪疫《あくえき》のように、付近のすべてを汚染しているらしい。

デスク上には、ＦＵＮＡＩ支給の古びた短波無線機が載っている。パウロはしばし、その場にすわったまま、短波で警報を発信しようかと考えた。無線機の銀色のダイヤルを思案の眼差《まなざ》しで見つめる。屋外では発電機が駆動音を発しながら、この森深い監視小屋と外界とをつなぐのに必要な電気を細々と供給しつづけている。

やおらデスクに両手をつき、椅子をうしろに押しやって、引きだしの下を手さぐりした。探りあてたのは、テープで貼りつけておいた名刺だった。名刺には、ついこのあいだパウロに連絡してきた、若いアメリカ人の電話番号が書いてある。

ビジネスマンを名乗るその男によれば、最近、この一帯で中国の航空機が消息を絶ったらしい。その機に関する情報を提供してくれれば、男の会社は潤沢な謝礼を払う——そういう話だった。そのときパウロが持った印象は（この印象はいまも変わっていない）、どうやらそのアメリカ人、墜落した機の残骸《ざんがい》を探しているらしいな、というものだった。もっとも、はっきりとそう口にしたわけではない。言いまわしはちがう。じっさいにその男がいったのは、〝なにか妙なこと〟に遭遇したら報告してくれ、ということだったのだ。

そしてこれは、どこからどう見ても〝なにか妙なこと〟にちがいない。

両の手の平を使い、涙のように顔をおおう汗の膜をぬぐう。それから、名刺をじっとにらみ、デスクの電話を使って、そこに書いてある番号を呼びだした。

コール一回で、すぐに男が出た。アメリカ人特有の発音で、男はいった。

「ありがたい、やはり電話してくれたか、ミスター・アラーニャ。きみを信じてよかった」

　コンピュータ画面をちらと見て、パウロはたずねた。

「電話がくるとわかっていたのか？」

「いましがた、〝マーヴィン〟くんが電話してきたのでね。きみが識別異常を登録したときに」

声はつづけた。「ああ見えて、見た目よりもはしこいんだよ、〝マーヴィン〟くんは」

　これだから、アメリカ人には油断がならない。毎度毎度、その狡猾《こうかつ》さには驚かされる。いかにもあけっぴろげで、率直に見せて——満面の笑みをたたえてはいるが……そのじつ、平気でこんな細工をする。

「で、これから？」パウロはたずねた。

「まあまあ、リラックスしたまえ、ミスター・アラーニヤ。〝マーヴィン〟くんの件はほかの連中にまかせておけばいい。きみには助力に対して充分に報いる。しかしね、なんとも興味深い話じゃないか。いったいあれはなんだと思う？」

「エラーでないことはたしかだな、セニョール。あれはたしかに、あそこに存在する。手でさわってわかった」

「ほうほう。それで？」

　つかのま、逡巡《しゅんじゅん》してから、パウロは考えを口にした。

「疫病だ。接触するすべてを殺している。しかし、なんであるのかは知りようがない」

「なぜだい？」

「なぜなら、あそこにそびえているのは……人間の手で造られたものではないからだ」

2　フェアチャイルド空軍基地

アマゾンの監視小屋から八千キロほど離れた、ワシントン州スポーカン付近。とある静かな朝、朝番を務めるステイシー・ホッパー大佐は、フェアチャイルド空軍基地の自分の部署に到着した。夜番が明けた情報分析の基幹要員たちが、定時を迎えて、ぞろぞろと出てきている。きちんと整理された各員のデスク上で、モニターはすべて切ってあった。それぞれが残す日誌の記録は微々たるものだ。いつものとおり、たいしたことは起こらなかったのである。

エアフォース・ブルーの制服を一分《いちぶ》の隙もなく着用し、制帽をかぶり、首のまわりにきちんと女性士官用タイ《タイタブ》を締め、実用的な黒の靴下を履いたホッパーは、窓のないコントロールルームに入り、室内を見わたした。片腕には、ひじの内側にコーヒーの魔法瓶《サーモス》をはさんでいる。けさのクルー——制服を着た情報分析官の八名は、たがいにおはようといいながら、それぞれの制御卓《コンソール》につき、ヘッドセットをかぶろうとしていた。肩が濡れている者が多いのは、けさも雨が降りしきる太平洋岸北西部の気候の中、いましがた到着したばかりだからだ。

部下の分析官たちが小声でささやきあうさまを満足げに眺めながら、ホッパーもコントロールルームのうしろにある自分用のコンソールについた。正面の壁面には、大型の遠隔測定モニター四枚が横一列にならんでいる。とくに変わったことは見当たらない。こうあってほしいと望むとおりの状況だった。

同僚たちの（仲間うちでの）評価によれば、ホッパーは冷徹なグレイの目の女性で、その忍耐力は、地中でじっと待つ地雷を思わせるという。事実ホッパーは、この仕事特有のスローペースに満足していた。現プロジェクトで指揮官代理を務めるのは、彼女が三人めだ。前任のふたりは、軍人生活全体をこのポストでまっとうしている。ホッパーとしては、〈永遠の不寝番〉計画がその名にふさわしい働きをあげてさえいれば、それで十二分に満足だった。

長きにわたる分析官勤めの経験から、ホッパーはやや衒学的《げんがく》なこの格言を好む。〝存在する証拠がないからといって、それが存在しないことの証拠にはならない〟——これである。

だが、こうした姿勢は、すでにホッパーのスタッフのあいだでは尊重されなくなっている。

こうした士気の低下は、プロジェクトの発足当時を顧みれば、皮肉というほかはない。当初、〈永遠の不寝番〉計画は、全軍組織においてもっとも責任重大な配属先と考えられており、だれもが熱心にこのポストを求めていたのである（もちろん、このプロジェクトの存在を知りうるほどセキュリティ上の適格性を担保された、一部の要員にかぎってのことだ）。

このプロジェクトは、アンドロメダ事件の——惨憺《さんたん》たる結果を招いた兵器研究計画の——後始末として発足した。この事件については、広く『アンドロメダ病原体』として知られる刊行物にくわしいが、以下にあらましを述べる。

一九六〇年代後半、合衆国空軍は、兵器に使用可能な大気上層中の微粒子を求め、一連の無人宇宙機を飛ばしていた。そして、一九六七年二月、スクープ七号衛星のプラットフォームは、まさに軍部が求めていたものを発見するにいたる。当初は細菌と思われて〝菌株《きんしゅ》〟と呼ばれていた、アンドロメダ因子《ストレイン》である。ただし、この〝病原体〟が有していた毒性は、何者の予想をも大きく上まわる強力なものだった。

　軍の要員が回収するよりも先に、衛星の回収カプセルは好奇心旺盛《おうせい》な民間人医師によってこじあけられていた。その結果、カプセル内の微粒子は外に漏出し、アリゾナ州の町ピードモントの全人口四十八名を死にいたらしめるという凄惨《せいさん》な事態を招いた。いや、正確には、四十八名全員ではない。老人ひとりと新生児ひとりだけは生き残っている。この生存者二名を発見し、救出したのは、高名な細菌学者ジェレミー・ストーン博士と、病理学者チャールズ・バートン博士だった。救出された二名の生存者は、調査研究のため、〝ワイルドファイア研究所〟のコードネームを付された、地下のクリーンルーム型実験施設に隔離された。その後、二名が迎えた運命は、プライバシー保護のため秘匿されている。

　このワイルドファイア研究所の目的は、くだんの状況に対処することと、のちにアンドロメダ《A》因子《S》‐１と呼称される外来性微粒子を研究することにあった。その目的で、ここには傑出した科学者が選別されて集められ、研究チームが結成された。彼らの研究で解明されたのは、ＡＳ‐１が直径一ミクロンであり、空気感染すること、感染後はただちに血液凝固を誘発し、感染者を死にいたらしめることだった。病原体は微細な六角形の環構造からなり、アミノ酸を欠くことから、生物ではないはずだが、にもかかわらず、ＡＳ‐１は自己複製能力を持ち――突然変異する。

　ワイルドファイア研究チームがひととおり試験を完了する前に、この病原体は進化して、まったく新しい樹脂分解体《プラスティファージ》となった。これがＡＳ‐２と呼ばれるものである。ＡＳ‐２は、人体には無害ながら、研究所の内部を仕切る隔壁のプラスティック製気密ガスケットを分解する能力があり、そのため自爆装置が作動して、いまにも核爆発が起きる寸前となった。それがすんでのところで防がれたのは、研究者たちの英雄的な行動のおかげにほかならない。

　だが、残余のＡＳ‐２は研究所の外へ漏出し、微粒子群は大気中に放出され、地球の大気上層全体に拡散する結果となった。この新たな微粒子は、たしかに人体への害はない。しかしながら、初期の国際宇宙計画は、ロケットを軌道に打ち上げるために先進的重合体、つまりプラスティックに強く依存していたので、壊滅的なダメージをこうむる。

〈永遠の不寝番〉計画は、このような状況を背景にして立ちあがったものである。

　アンドロメダ事件が一応の終息を見てから数時間後、ワイルドファイア計画の設立メンバーらは、合衆国大統領に緊急対策を講じるよう働きかけた。その目標は、アンドロメダ因子《ストレイン》の新たなアウトブレイクと、それにともなう突然変異を防ぐため、世界的な監視網を構築することにあった。彼らの進言は即座に容《い》れられ、国防省の闇予算から潤沢な資金を提供されて、召集されたトップクラスの分析員らにより、事件三日後には正式に発足した。

　しかし、それは五十年以上前の話であり、第一次アンドロメダ事件に関わった科学者はすでに全員が死去している。

そして、現在――。ホッパー大佐の見ている前で、きょうもまた室内にならぶコンピュータ・モニターの列がつぎつぎにともり、青みを帯びた光で分析官たちの顔を照らしてゆく。その光景を見て、大佐は大きく吐息をつき、ここの運営に要する巨額の費用に思いをめぐらせた。監視に貼りつかせるために衛星の使用時間を確保する費用。各分析官を確保するのに要する単位時間あたりの費用。膨大なデータをやりとりするための費用。そのデータを保存するためのストレージの費用――。

ホッパー大佐は自分の部署の影響力が衰えてきていることを自覚している。毎朝、シフトを迎えるたびに、いやでもそのことを痛感せざるをえない。この部署で消費するリソースが増大するいっぽうであるのとは対照的に、彼女の下で働く最優秀の分析官たちは消耗していくいっぽうだ。そのうえ、フェアチャイルド空軍基地の他の部署からは、自分たちにリソースをまわせとの突きあげが日増しに強くなってきている。

とりわけ強硬なのが、航空機動《エア・モビリティ》コマンド（ＡＭＣ）だった。チベットと中東上空の、空気の薄い高度に常時ＫＣ‐135ストラトタンカー空中給油機を飛ばす必要上、飛行時間の調整にかかわる日常業務を円滑に行ないたいから、もっと衛星時間を使わせろとうるさいのである。ＡＭＣの指揮官代理にいたっては、〈永遠の不寝番〉は完全にリソースの無駄遣いだと、公式の意見具申まで行なっていた。

じっさい、彼の指摘は正しいように思える。

なにしろ、〈永遠の不寝番〉は五十年以上にもわたって、地球外微粒子に起因するとおぼしき地球規模の異常に目を光らせてきた。ホッパーがこの部署を引き継いでからでも、すでに十五年になる。しかし、きのうの時点にいたるも、いまだになんの異常も見つかってはいないのだから……。

ひとりひとりの人間は、ずっと未来に得られる集団的利益よりも、目先の個人的利益を優先しがちだといわれる。これは人類文明のアキレス腱《けん》として広く認識されているもののひとつである。利益が得られるまで一世代よりも長くかかる場合を考慮するとき、この問題はとりわけ顕著になる。長期的な目減りにともなう世代間格差が問題となるのだ。

この概念を正式に披瀝《ひれき》したのは、フランスの若き経済学者、フロリアン・パヴァールだった。一九八二年十月二十三日、国際社会経済学会議での、聴衆のすくない講演において、彼はこのように述べている。

人間の場合、平均的な一世代の長さは二十五年です。この世代の地平線の先において得られる利益は、世代間の不均衡をもたらし、長期的な協調に悪影響をおよぼします。要するに、種としてのわれわれ人類は、みずからの子孫を裏切る動因をかかえているのです。私見では、この不均衡に対する唯一の解決策は、厳格な取り締まりを行ない、未来に対して不誠実な行為を働いた者を即座に処罰することにしかありません。

これを踏まえて立てられたのが、〝人類という種には、長期にわたって存在する脅威に対処することは不可能と思われる、そういう性質だからこそ、平気で環境破壊や人口過剰、資源涸渇《こかつ》を招くのだ〟という言説だった。経済学者のあいだでは、〝人類生得のこの欠陥は、みずからの文明を自滅に導く組みこみタイマーのようなものだ〟とする考え方もめずらしくないが、その根底にはこうした説があるのである。

悲しいことに、世界史の実例は、こぞってこの説を裏づけている。

〈永遠の不寝番〉計画は深刻な危機を予防するためのプロジェクトだ。そのこと自体はよく知られているにもかかわらず、いつしか軽んじられるようになったのは、人類特有の近視眼性に原因があるといってよい。長年のあいだに、このプロジェクトはなにかとあとまわしにされ、予算や規模を削られ、縮小の一途をたどってきた。雨の降りしきるこの朝、プロジェクトにはもはや、最低限の任務遂行能力しか残っていない。それでも、まだ……かろうじて機能してはいた。

16：24：32協定世界時《UTC》、室内を記録した映像に映るホッパー大佐は、きちんと背筋を伸ばし、自分のデスクについていた。中身が半分になったコーヒーのサーモスは書類の山の上に載せてある。積みあがっているのは設備要求書の山だ。要求しても却下されることはわかりきっているが、それでもなお要求しないわけにはいかない。

連絡が入ってきたのはそのときだった。

ホッパーはヘッドセットをかぶり、通信ラインのボタンを押した。複数のモニターがいっせいにともる。

「こちら〈筆頭不寝番《ヴィジランス・ワン》〉。報告せよ」

長年データ分析官を務めてきた者ならではの、歯切れのよい口調で指示を出した。

連絡してきた男は、アメリカ英語をしゃべった。この声は知っている。もうだいぶ数がすくなくなった現場調査官の声だ。

「こちら〈ブラジル人《ブラジレイロ》〉。ごらんになりたいと思われるものを見つけました」

「いま秘匿回線を開いた。認証待機中だ」

「送ります」

いくつかキーをたたき、ホッパーは認証要求を通した。

たちまち反応が現われた。正面の壁には横一列に四面の大型平面《フラット》パネル・モニターがならんでいる。その四面に、いっせいに画像データが表示されたのだ。

各々のモニターに映っているのは、アマゾンの密林を俯瞰《ふかん》した情景だった。それぞれの画面に映る映像は、アングルも画像処理方法もすべて異なる。ひとつは画像補整を施していないデジタルカメラでとらえたままの映像。ひとつは光による検出と距離測定《ライト・ディテクション・アンド・レンジング》（ＬＩＤＡＲ）技術を用いた俯瞰図。ひとつは多波長撮影《ハイパースペクトラル》して色彩を補整した樹海の光景。残るひとつは、合成開口レーダーでとらえた地形をグレイスケールで表わす精細表示映像だった。

これがドローンからのライブ空撮であることはまちがいない。各映像はリアルタイムで刻々と生成されている。

ひとり、またひとりと、分析官たちは顔をあげ、八人全員が正面の大型スクリーン四面を凝視した。だれもがデスクから椅子を押しやり、となりの者とささやきはじめる。分析官ごとに最適化されたワークステーションにおいて、各モニター上に補助データが表示されだした。各々の専門分野にかかわる情報が送りこまれているのだ。ホッパー大佐は立ちあがった。

正面にならぶどのイメージにも、中央に奇妙なものが映っている。それも、常識では説明のつかない、なにか奇妙なものが。

一見、のっぺりとしたブロックのようだが……ただしそれは、わずかに湾曲していた。湿度の高い多雨林の樹冠が形成する天蓋よりもひときわ高くそそりたつその〝ブロック〟は、細い支流にまたがるようにして建っている。基部から下流側へは、水流を押さえられた川水《かすい》が力なく流れだしていた。ブロックの上流側は流れを塞《せ》きとめられ、大きな泥沼のようなものができていて、そこから周囲の密林に範囲が広がりつつある。泥沼に取りこまれた周囲の樹々や草はみなしおれ、たわみ、枯死していた。

「この〝特異体〟は、〈天の宮殿〉落下経路の終端に位置しています」〈ブラジル人〉の声が報告した。その声はいま、コントロールルーム全体のスピーカーから流れ出ている。「中国の実証用宇宙ステーション、〈天の宮殿〉こと天宮一号は、まっすぐここへ――」

「了解、〈ブラジル人〉。そこまででいい」

ホッパーは答え、回線を維持したままにした。

ちらと画面に目をやり、緯度と経度をチェックする。当該特異体は赤道直下に位置していた。

緯度は〇・〇〇〇〇〇〇〇七度――厳密にいえば赤道直下ではないが、それでも一メートルほどの誤差しかない。

ホッパーはこの観測値を日誌に書きこんだ。微妙な細部だった。重要なことのようでもあり、破滅的な誤解に導く要素のようでもある。

上級信号分析官のデイル・シュガーマンが立ちあがり、ホッパー大佐に向きなおった。ヘッドセットは首にかけている。過去五年間、この大柄な男がビデオゲーム以外で興奮したようすを見せるのは、これがはじめてだ。すくなくとも、ホッパーは見たことがない。スピーカーを通じて部屋全体に流れるシュガーマン航空兵長の声は、いまは震えぎみだった。

「こんなデータはありえません、大佐どの《マム》。道路もない、滑走路もないでは、こんなところになにかを建てられるはずもない。センサーのエラーです。ドローンをオーバーホールすることを推奨します。現地に連絡して――」

「〝ありえない〟はちがうだろう、兵長」ホッパーは腕組みをし、ぴしりといった。話すうちに、声に確信が宿りだす。「われわれが見ているのは、ありえないものではない。たんに起こる確率がとてつもなく低い現象だ」

分析官たちがそのことばの意味を咀嚼《そしゃく》するあいだ、室内に沈黙がたれこめた。

世の中には、理屈の上では起こりうるが、起こる確率が著《いちじる》しく低いため、たいていの一般人は〝ありえない〟と考えがちな現象が存在する。この誤った想定は、ボレルの法則と呼ばれる経験則に基づいている。一般に誤解されているその法則とは、〝起こる確率が極端に低い現象は、実生活ではけっして起こらない〟というものだ。

当然ながら、数学者のエミール・ボレルがこんなことをいったわけではない。じっさいには、大数《たいすう》の法則について言及したさい、こういったのである――〝無限の大きさの宇宙においては、起こる確率がゼロではない事象はすべて、最終的にかならず起こる〟。言いかえればこれは、〝充分な機会さえあれば、いかなる現象も起こりうる〟ことを意味する。

人間にはまれな辛抱強い人物、データ第一の人物、喜びをあとまわしにすることを恐れずに、デザートを最後までとっておける人物にとっては――そういった起こる確率の低い現象は、けっして想定外のものではない。むしろ必然といえる。

ホッパー大佐はこのうえなく辛抱強い。そして、世界が加速するのとは対照的に、それまでにも増してゆっくりと構える。じつをいえば、彼女が前任者たちの入念な選別をパスした理由は、この特異な対応能力にあったのだ(註1)。

十五年にわたって、報われることもなく、成果が得られる見こみもなく、だれに励まされることもなく、しばしば同僚たちの敬意すら受けることもなしに、ホッパーは粛々と、いっさいぶれずに、ひたすらこの仕事に打ちこんできた。

そして、この決定的な瞬間において、ホッパーの不屈の意志は、華々しい形で報われることになる。

ホッパー大佐は最上段の引きだしから部厚いバインダーを取りだし、どすんとデスクの上に置いた。この特異体との遭遇は、以後、緊急時手順にしたがって対処することに決めたのである。バインダーを開き、むかしながらのレターオープナーを使って、厳重な封をつぎつぎに切り、ラミネート加工されて綴《と》じられた極秘文書をあらわにする。ほとんどの緊急時手順は、いまでは自動化されているが、ここに綴じられた指示は何十年も前に封じられたものであり、すべての段階において、訓練された有能な人間が関与することを義務づけていた。

ヘッドセットのマイクを口もとに近づけ、ホッパーは矢継ぎ早に、元航空管制官ならではの的確さで命令を発しだした。

「〈ブラジル人〉。特異体を中心に、半径五十キロの隔離地域を設定せよ。ドローンはただちに引きあげさせ、隔離地域の境界に着陸させること。着陸後は何者も近づけさせてはならない」

「了解しました、〈ヴィジランス・ワン〉」

ピードモント事件の高度なコンピュータ生成モデルによれば、大気中の浮遊微粒子に暴露せずにすむ最低限の安全距離は、約五十キロであることが判明している。おりしも、正面のモニターで画像が揺らぎ、がくんと動いた。〈アブートレ＝ヘイ〉ドローンが旋回し、反対方向へ高速で離脱しだしたのだ。数秒後、機首の下部につきでたカメラが百八十度後方に回転し、ふたたび画

註1　最初にこのポストについたアーサー・マンチェックも、やはり世界が加速するのとは対照的にスローダウンし、周囲の者がどれほど興奮して大騒ぎすることがらに対しても、逆に関心を示さなくなったといわれる。それはすなわち、非常事態において明晰《めいせき》な判断力をたもてるよう、長い年月をかけて磨きあげてきた能力であり、後任を選ぶさいにも、彼はその能力を重視したのだと思われる。

面に特異体を映しだした。特異体はぐんぐん遠ざかり、小さくなっていく。

「大佐——あれはいったい、われわれになにをするのでしょう」

シュガーマンが静かな声でたずねた。その眼鏡が、ワークステーションの青い光を反射して、またたいて見える。

ホッパーは瞬時に考えをめぐらし、即答を避けることにした。〈ブラジル人〉はついさっき、〈天の宮殿〉というコードネームを口にしたが、あれはまずい。機密情報の口外にあたるかもしれない。ホッパーは即答するかわりに、〈永遠の不寝番〉にとってもっとも重要な鍵となる情報の確認を求めた。

「あの存在について、赤道上の座標を再確認できるか?」

「確認ずみです」シュガーマンはデスクに身をかがめ、ことばをつづけた。「特異体が存在するのは赤道直下です、マム。センチ単位でしかずれていません」

ホッパーは深々と、しかし控えめに吐息をついた。スピーカーからのかすかなノイズを除けば、室内はしんと静まり返っている。それだけに、ふたたび口を開いたシュガーマンの声は驚くほど大きく聞こえた。

「赤道座標のなにが問題なんです?」

ホッパーの沈黙は一同に動揺をもたらした。だが、この問いに答えるわけにはいかない。答えればこの任務の秘匿性を侵すことになる。それは命令系統の上に対して向けられるべき答えであり、下に向けられていいものではない。

「兵長。大西洋地域第四衛星群の使用を要請したまえ。この件については精密なレベルで状況を把握しておく必要がある」

「マム、あれは傍系システムです。だれかがすでに使っています。現在の利用者は……国外のCIAで――」

「わたしの権限において、〈透徹した目〉の優先権を主張せよ」

シュガーマンはごくりとつばを呑みこんで、

「了解しました、マム。ただちに衛星フィードを確保します」

と答えると、すぐにあわただしくキーボードをたたきだした。ほどなく、正面の大型モニター四面に、衛星からのリアルタイム映像が映しだされた。映っているのは、暗い砂漠を飛ばすジープの車列をとらえた赤外線映像だ。タイヤが砂に残す、一対の白い走行跡が見える。水平に走る山脈上の数カ所には、黒い十字線がくっきりとオーバーレイされていた。

室内スピーカーから、聞いたことのない声が憤然とまくしたてた。

「〈透徹した目〉の優先使用権を行使する何者かに告ぐ。このチャネルから出ていけ。現在、きわめて重要な監視目的で使用中だ。これから決定的な――」

「衛星視点をわれわれの座標に」ホッパーは命じた。「あの男の声は消せ」

「了解、マム」

室内に静寂がもどった。聞こえるのは分析官たちが懸命にキーをタイプする音だけだ。各員は、大本のデータ・フィードから分岐して各自のモニターに流れこんでくるデータの奔流に対し、レーザーのように鋭く注意を注いでいる。

はるか頭上の極秘軌道において、宇宙空間の真空の中、一基のスパイ衛星のレンズが音もなく向きを変えた。ジープの車列がぼやけ、正面のモニターから消滅する。数秒後、〈透徹した目〉が見すえた先は、アマゾンの密林の一画だった。カメラの絞りが調整され、画像が鮮明になった。

コントロールルームの正面高くにかかる大型モニター四枚すべてに、複雑なディテールにいたるまで、特異体の外観がくっきりと映しだされた。密林の霧により、全体に結露でおおわれたその表面は、見たところ金属質のようで、うっすらと六角形の模様におおわれている。そして、天頂に昇りゆく真昼の太陽のもと、全体が甲虫の光沢を帯びた鞘翅《さやばね》のようにきらきらと輝いていた。

「赤外線に切り替えろ」ホッパーが指示を出した。

二番めのモニター上で、映像がグレイスケールに切り替わった。画素《ピクセル》の色が明るいほど、その部分の温度が高いことを示す。周囲に広がる大樹海が嵐雲《らんうん》を思わせる暗いグレイの平面と化した。それに対して特異体は、純白で表示されている。あまりにも明るいので、つかのま、映像のほかの部分が影響され、白飛びを起こしたほどだ。

「高温です、マム。そうとうに高温です」分析官のひとりがいった。「見てください、周囲の植物が熱でそりかえっている」

ホッパーはうなずき、グレイスケール映像を指し示した。

「特異体周辺に散らばる、あのかすかなしみのようなものはなんだ？　どれも同じ温度のようだが、急速に冷えつつある」

シュガーマンが自分のデスクの専用モニターに顔を近寄せ、じっとにらんだ。それから、ヘッドセットごしに別の分析官とやりとりをしたのち、ホッパーの問いに答えた。

「死体と見てまちがいないでしょう、マム。数は見たところ十四。人間の死体です」

「どうして断定できる、兵長？　アマゾンのあの一帯には多数の大型霊長類が棲息《せいそく》しているんだぞ？」

「何人かが槍《やり》を携えていますので、マム」

ホッパーは黙りこんだ。ややあって、

「なるほど」と答えた。

そのとき、グレイスケールの赤外線映像がいきなりまばゆい白に発光し、センサーの処理能力を飽和させ、画面をホワイトアウトさせた。じわじわと露光が正常に復帰したとき、特異体の状態は変わっていた。周辺に散らばるかすかなしみも、前より特異体に近づいているように見える。

「いまのはなんだ？」ホッパーは問いかけた。

「どうやら……あれは成長しているようです」答えたのはシュガーマンだった。「それと、泥沼のただなかに、なにか新しいものが現われつつあります。もっと小型の、六角柱形の構造物が」

正面の三つめのモニターに、色のついた塊がいくつも出現した。ブルーとオレンジのもやもやした雲塊のようなものが、特異体の上の空中に現われている。弱い気流に乗り、雲塊は東へ流れていくように見えた。

「あれは灰の雲です」別の分析官がいった。「あそこの大気は灰の雲だらけだ。どのようにしてか、特異体から放出されたにちがいありません。さらにデータが入ってきています……」

大佐はラミネート加工された極秘文書のページに目をやり、そこにならぶ数値の列を指でなぞった。ページにはきわめて重要な情報が、子供の書いた読書感想文のように、簡潔素朴に記されていた。むかしながらの金言であるＫＩＳＳ――〝簡潔《キープ・イット・シンプル》を心がけろ、阿呆《ステューピッド》〟の方針に準じて書かれているのだ。

指先が質量分析のスペクトル・グラフでとまった。つぎの命令を発したとき、大佐の声はかすかに震えていた。

「ドローンから質量《マス》スペクトルの計測値を取得せよ」

「すでに取得中です、マム」

数秒後、下位の分析官がマススペクトル・グラフのプリントアウトを大佐のデスクに置いた。

ホッパーはふたたび、ラミネート加工のページに指を走らせた。また指をとめ、顔をあげる。その時点で、彼女の声からは震えが消えていた。

「合致した」

「なにとです？」

大佐を振り返ってたずねたのは、これもシュガーマンだった。航空兵長の唇からは血の気が引き、声はうわずって、いまにもかすれそうになっている。シュガーマンの背後では、室内の分析官全員がふりかえり、やはりホッパーを見つめていた。どの顔も恐怖でこわばっている。

「グラフの特徴はほぼ完全に一致する」ホッパーは答えた。「一致する対象は――アンドロメダ

〝因子《ストレイン》〟。五十年以上前、アリゾナ州ピードモントで回収された微粒子だ。どのようにしてか、いまこのとき、それと同じ組成のなにかがあの密林に生成されている。そして、視覚に基づいて判断するかぎり、あれは徐々に巨大化しているようだ。周囲にあった死体は、おおむねあれの下に隠れてしまっている」

「ですが、そんなことはありえ――」シュガーマンはその先を呑みこんだ。「つまりその……」

室内の人間は全員、この任務の目的をよく知っている。だが、あの微粒子がふたたび出現する日がくると本気で信じていた者はひとりもいなかった。有無をいわさぬ証拠を突きつけられたいまも、その点は同様だ。ただし、ひとりだけ例外がいた。

ホッパーは立ちあがり、バインダーを脇にかかえ、信じられないという面持ちのスタッフ全員に語りかけた。

「たったいま、〈永遠の不寝番〉計画は所定の目的を果たした。この部屋におけるわれわれの仕事は完了だ。今後、どのような職務に任じられるのであれ、諸君の健闘を祈っている」

それだけいうと、ホッパー大佐は最優先通信室へ歩きだした。大仰な名前がついてはいるが、じっさいには、これは防音完備のたんなる小部屋でしかない。分析官たちは背後であんぐりと口をあけ、ことばもなく大佐の後ろ姿を見つめている。

ここでホッパーは、肩ごしに最後の命令を伝えた。

「ピーターソン空軍基地詰めの分析官たちに警報を発し、本情報を転送せよ。そして、この特異体が幾何級数的に拡張することを前提にしたわたしの見積もりを伝えろ。与えられた時間は四日となない」

「四日？　なにがどうなるまでの時間です？」シュガーマンがたずねた。

「特異体が海に達するまでの時間だ」

これをもって、〈永遠の不寝番〉計画は終了を迎えた。

3　警　報

ランド・L・スターンは疲れはてていた。まだ昼にさしかかったばかりだというのに、くたくただ。大家族の家系に生まれ、またたく間に出世して最上級の階級に昇りつめたスターンは、空軍大将としてつねに膨大な管掌範囲を司《つかさど》る必要にせまられている。いまこのときの個人的な希望は、昼になったら十五分間、いっさい中断が入ることなく、昼めしを食えればいいが、というものだった。

スターンは小柄なアフリカ系アメリカ人で、年齢は五十代、そろそろ鬢《びん》に白いものが混じりはじめている。合衆国空軍士官学校を首席で卒業、F‐16ファイティング・ファルコンの最上級パイロットとして数千時間の飛行経験を持ち、うち数百時間は戦闘に従事していた。パイロット退任後は、一定期間、陸軍士官学校《ウェスト・ポイント》で教鞭《きょうべん》をとり、この三年間は、二〇一六年、上院において全会一致で任命を承認されて以来、合衆国北方軍（NORTHCOM）および北米航空宇宙防衛司令部（NORAD）の司令官を務めている。

コロラド州中央部のピーターソン空軍基地に執務室を置くスターン空軍大将は、三万八千人にのぼる空軍要員を管掌する。この要員たちがアメリカの利益を守るために監視する空域は、高度三〇〇キロから三万五〇〇〇キロにおよび、その膨大な体積にくらべれば、地球自体が小さく見えるほどだ。スターンが管理する年間予算は、じつに数百億ドル。これは現存する多国籍企業で最高額の予算の倍に相当する額である。

自分がになうもっとも複雑な仕事はなにかと問われれば、スターンはこう答える——〝妻とともに、十三歳未満《プリティーン》の娘四人の親を務めることさ〟と。その妻は、デンヴァー大学心理学科の研究科学者を務める才女だ。

スターンの声は、家庭においてはワンノブ・ゼムにすぎないが、こと仕事にもどれば、三億を超すアメリカ市民を代表するものとなる。

スターンはこの日、朝一番の集中状況説明《ブリーフィング》において、国防にとってきわめて重要であり、最優先で行なわれている、十二件の最高機密プロジェクトについて現状報告を受けた。プロジェクトの中には、ワイルドファイア計画と呼ばれるものもあった。これは五十年ほど前、アンドロメダ事件の余波の中で設けられた計画だ。中国の野望や、軌道上で行方不明となった驚くほど大量の核物質など、なにかとやっかいな問題にくらべれば、ワイルドファイア計画は取るにたらない懸案事項としか思われていない。

しかし、じつのところ、スターンの在職中、これほど大きな頭痛の種であるプロジェクトはほかになかった。

アンドロメダ微粒子のあつかいは、いまや純然たる科学研究の域を超えている。いったんは落ちついた軍拡も、その揺り返しにより、現在は世界じゅうで密《ひそ》かな軍拡競争がくりひろげられている状況にある――それも、冷戦が最高潮を迎えていた当時以来の激しさで。その結果、ワイルドファイア計画に対しては、内容に不釣り合いなほど膨大なリソースが割りふられるようになっていた。あまりにも巨大すぎて、何十とある副次プロジェクトを一般の目から隠すだけでも、何十億ドルもの予算と何百万人時《にんじ》ものマンパワーを費やしているほどだ。

そして、そのすべての責任は、スターン大将の双肩にずしりとのしかかっていた。

のちのインタビューで、スターンは自分の役目をこう述懐している。

「アトラスの気分だったよ。たったひとりでうずくまって、地球全体の重みを両手で支えていたんだからね。しかも、わたしがなにから――なんのために――人々を守っているのかは、だれも知らなかった。うちの娘たちでさえもだ」

ワイルドファイア計画の下流にある数々の極秘プロジェクトのうち、〈永遠の不寝番〉は、どう高く見積もっても末端的なものでしかなかった。アンドロメダ微粒子がいつ新たに自発的な突然変異を起こすかもしれない――そんな深刻な恐怖は、時の経過とともに忘れ去られていたのである。それに取って代わった、もっとも重要な懸案は、合衆国の敵によって、微粒子が故意に生物兵器化されてしまうことのほうだった。

これは人類に特有の形骸化というほかはない。地球外生物に関して得られた驚くべき知見は、アンドロメダ因子《A S》‐1と呼ばれる致死性微粒子、およびその樹脂分解性のいとこであるAS‐2

の存在を不可避的に知った諸外国に対する（同盟国かそうでないかは問わない）、直截《ちょくせつ》で低俗な警戒に堕してしまったのである。

どちらの因子も、それぞれに固有の形で危険であることがわかっている。

ＡＳ‐１は、人体に吸入されると、ごくまれな例外を除いて、ただちに死をもたらす。比較的穏当な変異体であるＡＳ‐２は、ワイルドファイア研究所内で自然に進化したもので、ほとんどの重合体を塵に帰せしめる力を持ち、のちに大気上層に滞留するにいたる。これによって、合衆国の宇宙計画は数十年の停滞を余儀なくされた。しかも、大気上層に滞留している以上、科学にぬかりなく目配りする国家なら、自在にこれを入手できる。ただ大気上層に昇って回収してくればいいのだから。

自然環境の中であれ、人為的なものであれ、この二種類以外にアンドロメダ因子は見つかっていない。けっして捜索していないわけではないにもかかわらず。

しかし、いま、スターンが何年も前から恐れてきた報告が、まったく予想もしていなかった方面からやってきた。連絡してきたのは、中国国家航天局を監視しているエージェントでもなければ、世界じゅうの伝染病のアウトブレイクを調査しているスパイでもなく、ネヴァダ州のトウモロコシ畑の地下に埋設された秘密のクリーンルームですらない。

なんと、〈永遠の不寝番〉だ。

ピーターソン空軍基地の執務室に収まったスターンは、当初、ホッパー大佐からの緊急報告を少々わずらわしい思いで受信した。

通常なら、真正性のない報告は、スターンのところにあがってくる過程ではねられる。しかし、このときばかりは、なにかのまちがいで聞く価値のない報告がすりぬけてきたのだろうと思ったのである。

モニター画面を操作して——これによって、仔猫たちが口から虹を吐くという、彼の立場には似つかわしくない、（いちばん下の娘からプレゼントされた）スクリーンセーバーが消えた——スターン大将はホッパーが送ってきた情報を受信した。画面に陸続と、特異体の画像が映しだされはじめる。

それを見て、スターンは椅子の背あてにもたれかかり、片手で胃を押さえた。目をつむったのは、いらだちのせいだ。

「ホッパー大佐。なにかね、これは」

「仮説でしたら、ひとつあります」

「そうか、仮説か。その仮説のせいで、昼食をとりはぐれることにならなければいいのだがな。なにしろ、本職に昇進して以来、十分刻みのスケジュールを強いられている。参るのは、一日あたりにこなすべき十分刻みの仕事があまりにも多すぎることだ。そのうちの十分を、きみはいま、占有している。どうせなら、ベーコンにレタスとトマトのサイドイッチで占有されたいものだがね」

「承知しました。なるべく簡潔にまとめます。落下経路のデータはごらんになりましたか？」

「密林に鎮座する物体の画像は見た。落下経路は見ていない」

「落下経路のデータは本年四月十日のものです。中国の宇宙ステーション天宮一号が大気圏に再突入して分解し、燃えつきなかった破片《デブリ》が地表に落下しました。特異体は赤道直下にあり、その座標はステーションのデブリがたどった落下経路の終端位置と完全に一致します。あの落下がコードネーム〈天の宮殿〉事件と呼称されたことはご記憶と思いますが」

スターン大将は椅子の背もたれを背中で勢いよく押しやり、モニターに顔を近づけた。

ホッパーが付言した。

「中国があの宇宙ステーションでなにを実験していたかは、確認のしようがありません」

「しかし、想像にはかたくない……か？」画面のデータを見つめて、スターンは答えた。

ここにおいて、この問題は最優先に考慮すべき対象に変化した。もはや昼食どころではない。この件には国家の防衛のみならず、人類という種全体の防衛がかかわっている。

スターン大将はなにかをいおうとするかのように口を開き——いったん、その口を閉じた。それから、

「でかした、大佐。今回送ってきた情報、およびこれまでにきみが収集したあらゆる情報を受領する。これより……いやはや、よもや自分がこのせりふを口にする瞬間がこようとは思いもしなかったよ……。

これよりワイルドファイア警報を発令する」

これはあまり知られていない事実だが、アメリカ合衆国が行なった大規模軍事行動において、

人間の兵站《へいたん》専門家が自力で計画を立て、実行していたのは、ベトナム戦争初期までである。以降、すべての軍事作戦は、単一の輸送任務から戦域全体の統制にいたるまで、すくなくとも部分的に、コンピュータによって制御されてきた。その運用に用いる大規模で複雑なアルゴリズムの集積を、自動化兵站・意思決定分析《オートメーテッド・ロジスティックス・アンド・デシジョン・アナリシス》（ＡＬＤＡ）という。

この点については、アンドロメダ関連計画への対応も変わらない。他の複雑な軍事行動への対応と同じように行なわれる。つまり、機械によって制御されるのだ。

オハイオ州西部にあるライト＝パターソン空軍基地は、地下に空軍研究所を擁し、その深みの冷却室には、〈パーシェロン〉スーパーコンピュータ・クラスターが格納されている。スターン大将から初期データを与えられたＡＬＤＡは、この〈パーシェロン〉に接続して、他の優先度の低い何千もの演算スレッドを排除するか、遅延させるかした。ついでＡＬＤＡは、つねに更新されている人員およびリソースの膨大なデータに接続し、十五分のうちに最適な人員の選別を完了した。

空前の演算パワーとデータ処理能力を持ちながらも、ＡＬＤＡはつねに、80／20の法則に基づいて計画を立てる。つまり、問題解決策を提示するうえで、機械的なアルゴリズムを適用する範囲を八〇パーセントまでに限定し、残りの二〇パーセントを人間の常識と直観に委《ゆだ》ねるのである。

スターン大将が吟味したところ、今回提示された人選には、とくに技術的瑕疵《かし》は見られなかった。以下は選別されたクルー候補のリストである（一部になおも機械語を残す）。

ワイルドファイア計画V２——調査隊員候補　身上書

ニディ・ヴェーダラ、医学博士（42歳）
ワイルドファイア認証種別（完全）
役割：調査隊長、001***
在所：マサチューセッツ州アマースト>>>到着所要時間：〜12時間***
専門：ナノテクノロジー。材料科学。アンドロメダ因子：AS-1、AS-2***
備考：リーダー向き。当該分野の専門家***

ハラルド・オディアンボ、博士（68歳）
ワイルドファイア認証種別（学者）
役割：野外科学者リーダー、002***
在所：ケニア、ナイロビ>>>到着所要時間：〜15時間***
専門：地球外地質学。地質学。人類学。生物学。物理学。（以降さらに続く）
備考：広範な知識***

ポン・ウー、人民解放軍、少佐（37歳）***
ワイルドファイア認証種別（人民共和国との戦略的提携による）
役割：野外科学者、003***
在所：中国、上海>>>***到着所要時間：〜18時間
専門：宇宙飛行士。戦闘員。医師。病理学者***
備考：戦闘訓練。生存訓練。当該分野にくわしい可能性。［検閲済］***

ザカリー・ゴードン、合衆国陸軍、一等軍曹（28歳）
ワイルドファイア認証種別（かねてより登録済）
役割：野戦衛生兵、004***
在所：ジョージア州、フォート・ベニング>>>***到着所要時間：〜14時間

専門：レインジャー精鋭軽歩兵。大隊先任衛生兵***
備考：外傷手術可***

ソフィー・クライン、博士（32歳）
ワイルドファイア認証種別（ＮＡＳＡ）
役割：遠隔科学、005***
在所：国際宇宙ステーション>>>***到着所要時間：不明
専門：ナノロボット工学。ナノ生物学。微小重力下での研究***
備考：AS-1、AS-2の専門家***

身上書終了

ウー少佐のところですこしひっかかった。通常なら、セキュリティの観点から、中国人民は除外されてしかるべきだ。しかし、そこでスターンはかぶりをふり、微苦笑を浮かべた。ＡＬＤＡアルゴリズムは容赦なく論理的だが、しばしば先入観にとらわれない意思決定を下せることが証明されている。〈天の宮殿〉が関係する現状に鑑《かんが》みれば、ワイルドファイア計画に向けた人材リストの一員としてずっと待機し、準備してきた中国軍人を候補に入れるのは、むしろ天才的発想というべきだろう。

しかも、ポン・ウーはたんなる女性宇宙飛行士《タイコノート》ではない。天宮一号・宇宙ステーションへの、最初の有人飛行に参加した実績を持つ。この女性が中国の軍事機密をいっさい明かさないことはわかっているが——すでにそこまでの見きわめはついている——軌道上でなにがあったのかについての知識が当人にあれば、人命を救う役には立ってくれるかもしれない。

ここまでお膳立てがととのえば、スターン大将としては、音声で認証してやるだけでよかった。だが、ゴーサインを出す前に、まだいくつか最終的な手順を踏む必要がある。上に対しては合衆国大統領の許可を取り、下に対しては特命を帯びた男女に連絡して、ただちに行動を開始するよう指示を出すことだ。

以下にかかげるのは、スターン大将と彼のもっとも信頼厚い部下のひとりとの、最終的通信内容の一部である。

[…]

0-10将　陸軍の候補をはずす。交替要員の用意がある。

担当-001　ザカリー・ゴードンをはずす？　本気ですか、将軍？

0-10将　ストーンを呼べ。

担当-001　失礼、なんと？

0-10将　ジェイムズ・ストーンだ。パロアルトの。待機リストに載っている。

担当-001　[短い間]　将軍、それはジェレミー・ストーン博士の——第一次アンドロメダ事件に関与したあの博士の子息ということでしょうか。この人物はセキュリティ認証をクリアしていませんし、予備知識も現状に追いついてはいません。この人物はつねに、特殊な目的にのみ限定された、合格すれすれの候補であったと認識しています。

O-10将　知っている。とにかく、ストーンを加えろ。

担当-001　この人物のセキュリティ認証を待てば遅延が生じますが。

O-10将　承知の上だ。わたし用のC-40輸送機で迎えにいかせろ。それで遅延はかなり埋め合わせられる。

担当-001　[長い間] ジェレミー・ストーン博士とは親しい仲でいらっしゃいましたね?

O-10将　なにがいいたい?

担当-001　自分は、その……外聞に配慮なさったほうがよろしいのではと。

O-10将　よく聞け。職責を問われるのはおまえではない。これより指令7-12号を行使する。この指令に基づき、最高機密にかかわる担当－００１　知識を分明にせぬよう留意せよ。わたしの声をもって彼の身分保証とする。そしてわたしは、ランド・Ｌ・スターン空軍大将である。

担当－００１　了解しました。当該者を候補と認めます……作戦を始動しました。

［タイピングの音］

担当－００１　フィールド・チーム呼集のため、各特任連絡員が派遣されました。各地の指揮統制部門にその旨を通達し、監視任務を行なわせることが推奨されます。首尾よくいくことを祈ります。

０－10　将　了解した。よくやってくれた。

担当－００１　閣下？

［短い間］

担当‐001　閣下。ひとつ質問させていただいてよろしいでしょうか。記録に残さず……

O‐10将　なにごとであれ、記録に残さないということはありえない。それは知っているはずだ。

担当‐001　では、記録に残すにしても、閣下とわたしだけのあいだの話ということで。

O‐10将　わかった。いってみろ。

担当‐001　なぜジェイムズ・ストーンなんです？

［長い間］

O‐10将　ちょっとした閃きだ。それ以上のものではない。

［通信終了］

ワシントンDCに拠点を置く〈ノヴァ・アメリカ〉シンクタンクの控えめな推計によれば、スターンのこの〝ちょっとした閃き〟が救った人命は、三十億から四十億にのぼると見られる。

第１日

先住民の地《テーハ・インディィージェナ》

現象の中には、ひとたび起こってしまえば、満足のいく解決が得られない種類のものがある。

——マイクル・クライトン

4　緊急破片《デブリ》回避行動

地表から約四百キロ上空で、ソフィー・クライン博士は静かに宙に浮かんでいた。うしろには長いブロンドの髪が後光のように広がっている。時刻はグリニッジ平均時で6：00AMをまわったところだが——国際宇宙ステーション《ISS》でこの標準時が用いられるのは、ヒューストンとモスクワ双方のミッション管制センターで時間を合わせるために妥協した結果だった——そのブルーグレイの目は冴えていた。早朝のこの時間、ISSに詰めるもうふたりの宇宙飛行士はまだ睡眠サイクルにあり、観測ユニット〈キューポラ〉は外部シャッターを閉じられてだれも使用してはおらず、内部は真っ暗だ。聞こえる唯一の音は、〈キューポラ〉が付属する第三結合部モジュール〈トランクウィリティー〉内で換気システムが発するかすかな音のみ。

一日のうちでクラインがもっとも好きなのが、このひとときだった。

おもむろに、発光するボタンをたたく。モジュールの外殻がうなりだした。ドーム状の〈キューポラ〉の外部シャッターが開きはじめたのだ。やわらかな光でモジュール内を照らす地球の姿に、クラインはいつものように心が浮き立つのをおぼえた。クラインは単独で宙に浮かぶ感覚と、高所から見おろした地球の眺めが大好きだ。まるで眼下のすべてが自分の被造物のような気がして、圧倒的な優越感を与えてくれる。

このささやかな日常の儀式は（ここに見られる彼女の感想は、事件後に回収されたフライト日誌中に発見されたものである）、傲慢に思えるかもしれないが、じつはたんなる自由幻想でしかない。

じっさいには、〈キューポラ〉のガラス窓の前に浮かぶクラインの麻痺《まひ》して動かない両脚は、動きのじゃまにならないよう、マジックテープのストラップで相互にきつく固定してある。いうことをきかない筋肉に走る強烈な痛みと痙攣《けいれん》をほぼ忘れていられるのは、無重量状態で静かに浮かんでいるときだけだ。

ソフィー・クラインが歩けなくなったのは六歳のときだった。空を飛ぶ道を選んだのはそのためである。歩くことはできないものの、クラインは背が高く、こうして〈キューポラ〉の窓から外を眺めていると、印象的な眉とこけた頰とがどこか捕食動物じみた印象を与える。もっとも、鼻と額にはそばかすが散っており、そんな印象を和らげてはいる。

クラインが宇宙へ出る道ははなはだ型破りで、〝起こる確率がゼロではないすべての事象は、最終的にかならず起こる〟というボレルの真意をほぼ満たすものだった。四歳のとき、クラインは転倒し、右腕を折った。両親はクラインが不器用で運が悪かったためだと思ったが、たしかに運は悪かったものの、それは不器用だったからではなかった。病院で診察を受けたさい、注意深い小児科医が気になる痙攣を見つけたのである。

五歳のときには、若年型筋萎縮性側索硬化症《いしゅくせいそくさく》（ＪＡＬＳ）という、両親にとっては信じがたい診断結果が示された。歩けるようになってまだ二、三年だった彼女が、この病気によって歩行能力を奪われたのは、それからまもなくのことである。そののち、クラインは車椅子生活をはじめたが、彼女はずっと車椅子で過ごすつもりはなかった。およそ凡人には持ちえない覚悟をもって──当時、子供であったことを考えれば、これはなおさら驚嘆に値する──彼女は純真無垢《むく》な精神と鉄の意志により、重力の軛《くびき》の外へ脱出することを志《こころざ》したのである。

そして、みごとその志《こころざし》をまっとうした。

名医とされる医師たちはみな、クラインが十二歳まで生きられないだろうと予言した。しかし彼女は、医学が新たな進歩を迎えるたびに、その恩恵にあずかって生き延び、ついには世界的に有名な科学者となったばかりか、アメリカの宇宙飛行士になることにも成功した。

クラインが宇宙に出て気づいたのは、微小重力下では筋肉中の慢性的な痛みがほぼなくなり、地上では思いどおりに動かせなかったからだもハンディキャップにはならないことだった。つねに自由落下状態にあるかぎり、彼女はどの宇宙飛行士にも劣らない動きができる。いや、むしろ、もっと活発に動けるといっていい。なにしろ、無重量状態がもたらす筋萎縮効果を心配しなくていいのだから。

クラインはいま、両腕だけを使ってからだを動かし、〈キューポラ〉の中央にある〝丸窓〟に顔を近づけた。この丸窓から周囲へは、台形をした六枚のガラスが放射状にはめこまれている。

この〈キューポラ〉全体が、かつて宇宙空間で使用するために造られた中でもっとも大きな窓なのだ。窓の外を眺めやれば、地表がすべるように回転していく。驚くほど近い。

しかし——きょうの眼下に見えているのは、はてしなくつづく広大な密林だった。密生した樹々の樹冠が織りなす樹海をぬって、きらめく川があちこちに走っている。そのようすは、随所で屈曲する神経単位《ニューロン》を思わせた。

本来なら、いまこのとき、下に密林が見えていていいはずはない。このような光景が見えているということは、睡眠サイクルのあいだに深刻な事態が発生したことを意味する。

のちに回収されたISS内部の記録映像は、このときソフィー・クラインが信じられないという顔でつぶやき、〈キューポラ〉の基部を取りまくコンピュータ・モニターをあわただしくチェックするようすをとらえている。生理機能モニターの記録によれば、彼女が二本の細いブルーの手すりをつかみ、中央の舷窓《げんそう》に顔を近づけるさい、心拍数は大きく上昇していた。眼下をすべっていく地形は、年季の入ったこの宇宙飛行士にすら、まったく馴じみのないものだったのだ。

ISSに詰めるほかのふたりのクルーと同様、クラインの身体にもワイヤレスの生理機能センサーがセットされている。クルーメイトとちがうのは、彼女にはさらに別系統のモニタリングが付加されており、一秒ごとに精神を走査されていることだ。クラインはティーンエイジャーのとき、自主的に〈キネティックス・V〉脳《ブレイン》＝コンピュータ・インターフェイス（BCI）の埋めこみ手術を受けており、それがいまでも機能しているのである。彼女がこれを導入したのは、神経系を蝕《むしば》む病が進行するなかで、コンピュータを援用し、大学課程を修めるためだった。

ＢＣＩとは、何千本もの金線のメッシュを、生体適合性のある溶液に――異物への拒否反応を抑制するために――ひたしたうえで、大脳運動皮質のゼリー質を持つ表面に沈めたものである。その役目は、彼女の脳が現実世界に対応した行動をとるさい、ニューロンの電気的活動をマッピングすることにある。その制御ソフトウェアは無線でのアップグレードが可能で、現行バージョンはディープ・ラーニング・アルゴリズムを用いてマッピングを行なう。他に類のないこのシステムは、クラインの精神をＩＳＳのコンピュータ・システムに直結させ――ほとんどテレパシー的ともいえる接続を可能にしていた。

その接続を通じて、クラインは気がついた。ＩＳＳの軌道が大幅に変わっている。これほどの変更は、目前に破滅的事態がせまっていたことのあかしであり、ふつうならパニックを起こしてもしかたのないところだ。じっさい、意表をつく眼下の光景にクラインが見せた表面的反応には、驚きとショックがうかがえる。しかしながら、脳インプラントのデータストリームに対する日常的モニタリングは、彼女の支配的な精神状態が放つ脳波が7ヘルツから13ヘルツまでのアルファ波であることを計測していた。これは生命にかかわる危険を前にして、警戒してはいるものの、けっして動揺せず、リラックスした状態にあることを示している。

が、このささやかなデータの不一致が認識されるのは、ずっとあとになってからのことになる。クラインはヒューストンの飛行管制室との通信チャネルを開き、地上通信員《CAPCOM》に情報を要請した。

最初に返ってきたのは、ノイズだけだった。

じつは、宇宙飛行士の睡眠サイクル中には、今回、さまざまなことが起こっていた。すべてがはじまったのは、23：35：10協定世界時《ＵＴＣ》きっかりのことである。この瞬間、ランド・Ｌ・スターン空軍大将による要請のもと、合衆国戦略軍（ＵＳＳＴＲＡＴＣＯＭ）司令部は、ヒューストンのＩＳＳミッション管制センターに緊急通告を行なったのだ。

ＵＳＳＴＲＡＴＣＯＭの通告は、複数の物体がＩＳＳに衝突しそうなコースをとって接近中であることを告げ、警戒をうながすものだった。レッド・アラートである。このような通告自体はめずらしくない。戦略軍司令部の任務には、低軌道を飛ぶ直径四センチ以上の物体をすべて追跡することも含まれる。

その複数の破片《デブリ》の発生源は、公式には軌道に乗りそこねた国家安全保障局（ＮＳＡ）の衛星とされていたが、ヒューストンの管制官たちがひそかに知らされたところによれば、それはロシアが中国の衛星を標的とし、極秘で衛星攻撃兵器《アンチ・サテライト・ウェポン》（ＡＳＡＴ）を使用した結果だった。

表向き、このような宇宙での軍事作戦は、地球をめぐる低軌道に危険な宇宙ゴミを撒《ま》き散らす行為として、世界的な非難を浴びる。しかし、一九六〇年代以降、あらゆる宇宙進出国家が熱心にＡＳＡＴプラットフォームの実験を進めてきた事実は、すでに公然の秘密となっている。このＡＳＡＴには、シンプルな運動エネルギー弾タイプから、より洗練された成型炸薬《さくやく》弾を射出する再使用可能タイプまで、さまざまな種類がある。

今回、ミッション管制センターで姿勢決定および制御担当《アティテュード・ディターミネーション・アンド・コントロール・オフィサー》（ＡＤＣＯ）を務めていたヴァンディー・チャヤウラは、ＵＳＳＴＲＡＴＣＯＭから送られてきたデータに基づいてシミュレーションを行ない、デブリが軌道上でＩＳＳに衝突する可能性が大きいことを確認した。そもそも、イエローではなく、レッド・アラートである以上、とるべき行動に議論の余地はない。彼女はただちに、緊急デブリ回避行動《エマージェンシー・デブリ・アヴォイダンス・マニューヴァー》（ＥＤＡＭ）を許可した。ＩＳＳの軌道を変更すれば、以後数カ月にわたって、同ステーションに補給物資を運ぶロケット打ち上げの機会が失われる。だが、当面、逼迫《ひっぱく》している物資はない。

軌道力学担当《トラジェクトリー・オペレーションズ・オフィサー》（ＴＯＰＯ）の制御卓《コンソール》から、三十九分もの長きにわたる回避行動の指示が送信されたのは、ＩＳＳの宇宙飛行士たちが眠っているあいだのことだった。それを受けて、ＩＳＳに搭載された百キロの運動量制御ジャイロスコープ四基が、即座にリズムを変えた。ステンレス鋼でできた円形のフライホイールは、常時四度の角度をとるようにトルクを発生させ、ステーションを前傾させている。床がいつでも地表を向き、地心・地球固定《アース・センタード、アース・フィクスト》（ＥＣＥＦ）の角度を維持して軌道をめぐるためである。いま、回避行動に備えて、モーター連動のジャイロがステーションの姿勢制御を開始した。

姿勢制御がすむと、通常、つぎの段階は、ロシアのドッキング室〈ピアース〉経由で〈ズヴェズダ〉モジュールに接続中の、プログレス無人貨物輸送船のスラスターを長時間ふかす番だ。しかし、大幅な軌道遷移《せんい》の必要性に鑑みて、ＴＯＰＯは実験的な太陽光電気推進《ソーラー・エレクトリック・プロパルション》（ＳＥＰ）機構の使用許可を出すことにした。

ＩＳＳに搭載の太陽電池パネルで集められた電力が、高効率の静電加速式推進機、ホール・スラスターの集合体に集められていく。ホール電流を用いるこの方式は、伝統的な化学推進剤の貴重なストックをできるだけ節約するために用いるものだ。作動開始とともに、スラスターは完璧なリズムで駆動し、断続的にプラズマイオンを排出しだした。その圧力はＩＳＳを、重心を軸に、まっすぐ上へ押しあげると同時に、かさばる構造物を南の軌道に遷移させた。

典型的な回避行動では高度を変えるだけだが、この場合、軌道傾斜角も五一・六度から〇度へと変更され、その結果、ＩＳＳはきわめて異例の赤道軌道をとることになった。回避行動は所定の時間内に完了し、概要のプレスリリースが発行された。その内容は、ルーティーンのデブリ回避行動をとった旨を記したうえで、ＳＥＰ機構が首尾よく機能したことを自賛するものだった。

かくしてスターン空軍大将は、ＮＡＳＡ、ＲＮＣＡ、ＪＡＸＡに対し、裏に秘めた真の非常事態を報告することなく、ＩＳＳの軌道を変更させることに成功したわけである。

この軌道変更により、ソフィー・クラインはただちに、これがアンドロメダと関係があることを察した。驚くには値しない。なぜならクラインは、この国際宇宙ステーションの真の目的を知る、数少ない人物のうちのひとりだったからだ。

当初、彼女が地上と交わした非機密あつかいの交信内容は、下記のとおりだった。

―ＩＳＳ‐クライン

ヒューストン、こちらステーション、応答せよ。現状のアップデートを求む。いったい……［判別不能］。なぜ東から西へ動いていくブラジルが見えているの？

ヒュー・CAPCOM　ただの、ああ、回避行動だよ、ステーション。デブリ回避のね。ただし、いい知らせもある。SEPのスラスターが完璧に作動した。

ISS・クライン　たしかにいい知らせだわ。でも、いまのところ、これは……これより正式に特別照会を要請します。ピ《P》ーターソン空軍基地《AFB》とは連絡をとった？

［ノイズ――四秒］

ヒュー・CAPCOM　すまない、ステーション。そういう記録は――

［通信途絶］

［ノイズ――十一秒］

PAFB・スターン　クライン。こちらスターン。これは秘匿回線だ。きみの予定表に書きこんでもらわねばならない事態が出来《しゅったい》した。

ISS・クライン　うかがいましょう。

PAFB・スターン　きみの科学任務は一時中断とする。追って指示あるまで、きみの新たな任務に関する知識は、あらゆる宇宙機関に知られないよう留意されたい。NASAも含めてだ。理解したか？

［短い間］

ISS・クライン　了解、スターン将軍。

PAFB・スターン　きみが置かれた赤道軌道は、落下した天宮一号・宇宙ステーションのデブリがばらまかれた範囲の真上を通過する。われわれは……当該ステーションが大気圏に再突入した結果、地表汚染の引き金を引いたものと推定している。

ISS・クライン　密林に落ちたの？

PAFB・スターン　密林になにかがある。なにか特異なものが。それはすでに複数の人間を死なせており、拡張をつづけている。

ＩＳＳ・クライン　なるほどね。

ＰＡＦＢ・スターン　ワイルドファイア計画が再始動された、クライン博士。きみの役割は軌道上の研究モジュールから計画をサポートすることにある。ほかのＩＳＳクルーには、天宮一号からばらまかれた汚染物質が大気中に残留していないかどうか、緊急科学的任務の装いのもとで調べてもらうことになるだろう。

ＩＳＳ・クライン　了解。

ＰＡＦＢ・スターン　きみには現地に送りこむフィールド・チームについても見まもってもらう。目となり、耳となるんだ？　いいね？

ＩＳＳ・クライン　フィールド・チームですって？　まさか、あの密林に人間を送りこむ気？　将軍、それはだめよ、せめて、わたしが上空から調査をおえるまで――

PAFB-スターン

時間がないんだ、博士。急ぎ〈ワイルドファイア・マークⅣ〉実験棟モジュールにアクセスしてもらいたい。すでにモジュールは始動している。

大統領令の存在は、民主主義政府とは相いれないものに思えるかもしれない。非常事態においても、平時においても、合衆国大統領は国家の政策を命じ、即座に執行させることができる——その内容を審議されることなく。

この大統領令なるものは、かつてこのように評されたことがあった——〝ペンを走らせれば、国法になる〟。

最初の大統領令を行使したのはジョージ・ワシントンである。一七八九年六月八日、連邦の全省庁の長に対し、新生国家のための一般教書演説用資料として国家の状況をまとめるよう指示したのだ。一八六三年には、エイブラハム・リンカーンが奴隷解放宣言として知られる大統領令を発令、これにより、最終的に三百万人以上の奴隷が解放された。一世紀ちかくのちには、フランクリン・デラノ・ローズヴェルトが、五百五十語の大統領令を発令し、十二万人以上の日系市民および日系在留者を、合衆国西部に複数設けられた強制収容所に収容するよう、合衆国政府に命じている。

大統領令とは、まさに絶大にして恐るべき力を持つ命令であり、行使されれば歴史に大きな影響をおよぼしかねない。ただしそれは、公《おおやけ》にされればの話だ。

秘密大統領令NSAM-362-S（NSAMは当時、〝国家安全保障政策覚書《ナショナル・セキュリティ・アクション・メモランダム》〟として知られていた）が発令されたのは、第一次アンドロメダ事件と、この事件に関連して、アメリカの有人宇宙船アンドロス五号、およびソ連のゾンド十九号が失われてから三週間後のことだった。政府関係者のあいだでは一般に、この大統領令が象徴的なものと見なされた。記録にこそ残されていないが、多くの政治家はこれを、〝ギザに大ピラミッドを建設せよ〟という歴代ファラオの命令にも匹敵する難事業と見なしたという。

以下に、この大統領令の一部を記す。

最高機密／かつて公開を厳禁されていた資料

国家安全保障政策覚書 №362-S

1967年4月10日

大統領の名において　恒久的宇宙ステーションを建設し、そこに微小重力研究モジュールを創設することを命ずる。

アメリカ合衆国憲法および諸法に基づき、大統領として与えられた権限によって、わたしはここに、国家安全保障および人類そのものの安全にとり、アンドロメダ病原体として知られる地球外微粒子を、本来の存在域である微小重力環境での研究施設、すなわち地球の低軌道をめぐる最新技術の粋を集めた研究施設において、調査研究することが必要不可欠であると断ずるものである。

この施設の建設に必要な推定費用は、一九六七年の時点で五百億ドル。アポロ計画に要した費用の倍であり、（インフレを考慮すれば）ほぼ二〇一八年度の国家軍事予算に匹敵する。この大統領令を読む資格のあった政府上層部において、大統領のこの要求は嘲笑《ちょうしょう》と不信で迎えられた。

それでも、当該微粒子を研究する実際的なニーズは生き残った。

一九六七年の秋までには、アリゾナ州の小さな町ピードモントは徹底的に浄化され、四十八人分の死体が（そこには合衆国陸軍の要員二名も含む）すべて焼却された。建物という建物、車輛という車輛は解体され、陸軍工兵隊により、わざわざこの目的で砂漠のただなかに造られた格納庫のような倉庫に収納された。作業は慎重のうえにも慎重に行なわれ、ワイルドファイア・チームの発見のおかげで、ひとりの感染者も出さずにすんだ。事件はきわめて突発的で、町もきわめて小さかったため、二十年もたつころには、ピードモントの存在そのものが、多くの者により、フィクションであったと誤って信じられるようになっていた。

すべての後始末がついてしまうと、つぎの段階は、なにが起こったのかを正確につきとめることだった。この疑問を解明するには、何十億ドルものコストが必要であり、世界がそれを知れば、文明が滅びるのではないかとのパニックが起きかねない。

インド生まれのイギリスの歴史家、ロミラ・チャンドラは、その古典的な名著『人類の滅びた諸帝国』において、こう述べている。

〝異文明に接した人間が本能的にすることは、逃げることである。逃げることが不可能な場合は、例外なく攻撃的に臨《のぞ》む。人が異文明についてもっと多くを学びたいという圧倒的な欲求に駆られるのは、最初の接触を乗り越えてからのことなのである。しかし、相手を学ぼうとするこの反応を、利他的な好奇心からくるものと勘ちがいしてはならない。相手を理解しようとするのは、たんにみずからを守るために必要だからだ。あるいは……こちらのほうが可能性が高いが、相手を滅ぼそうとする試みの一環と見てもよい〟

ここに書かれていることは、アンドロメダ事件後に人類が見せたふるまいにそっくりあてはまる。それはとりわけ、ソ連と中国が見せた反応に――それぞれの諜報機関を通じてアリゾナ州ピードモント事件を知ったあとで見せた反応に――顕著なものだった。

最初に動いたのはソ連である。一九七一年、ソ連はサリュート一号・宇宙ステーションを軌道に乗せた。これはアンドロメダ事件のわずか四年後のことである。合衆国はソ連に追いつくべく、その二年後に宇宙ステーションを運用しようと試みた。だが、スカイラブの打ち上げは、いまだ大気上層に残留する〝良性の〟――生物は殺さず、樹脂を分解するだけの――アンドロメダ因子により、大きく阻害された。スカイラブが打ち上げられたさい、ＡＳ‐２樹脂分解体《プラスティファージ》に暴露したため、太陽光の熱や微小隕石《いんせき》を防ぐシールドが部分的に腐食してしまい、浮遊していたデブリで著しい損傷を負ったのである。(註２)

スカイラブが運用されたのは六年間だった。ソ連のミール宇宙ステーションはもっと長くつづ

註２　公式には、この損傷は、打ち上げ時に発生した事故により、微小隕石よけのシールドが展開できなかったためとされている。

き、十年にわたって打ち上げがつづけられ、十五年間、運用された。ただし、どちらも微小重力下でアンドロメダ因子を研究するという極秘任務には成功していない。のちに判明したように、この問題は、一国で解明するには大きすぎたのである。いくら超大国であってもだ。

一九八七年、レーガン大統領は国際宇宙ステーションの創設を呼びかけた。ソ連と合衆国を基軸に、他の協力諸国も迎えて、合弁事業にしようというのである。この呼びかけには、だれもが耳を疑った。ロシア人とアメリカ人は、およそ協調しあう関係にはなかったからだ。それなのに両国が手を携えたのは、アンドロメダ因子が研究されぬまま放置されていることを、どちらの国もひそかに恐れていたためにほかならない（註3）。

とはいえ、恒久的宇宙ステーションの成立は、まだまだ第一段階でしかなかった。

ついに〈ワイルドファイア・マークⅣ〉実験棟モジュールがISSに結合したのは、ようやく二〇一三年になってからのことである。このとき、同モジュールはシグナス自動化貨物宇宙船に偽装されている。結合した先は、ステーション前部の〈ハーモニー〉第二結合部モジュール下部結合口だ。そして、ソフィー・クライン博士のISSにおける科学ミッションがはじまったのは、この結合と時を同じくする。

ちなみに、くだんの極秘モジュールは、ネヴァダ州の地下、オリジナルのワイルドファイア研究施設の深みで、一〇〇パーセント浄化済のロボット・アームによって建造されたものである。このロボット群を遠隔操作《テレオペレーション》していたのは、現地のISOクラス1のクリーンルームにこもっていた操作員たちだ。完成した実験棟モジュールは完全な自己充足型で、二〇一三年一月十七日、ケープ・カナヴェラル空軍基地からアンタレス五号によって打ち上げられている。

ドッキングが完了したのち、同実験棟モジュールは、軌道上で使用される最初の――いや、軌道上での使用のみならず、世界初の――バイオ・セイフティ・レベル（ＢＳＬ）５を備えた気密施設となった。〈ワイルドファイア〉微小重力下実験棟モジュールでは、内部に対して四時間おきに高強度紫外線が照射される。内部に呼吸可能な空気はない。通常の空気のかわりに充塡《じゅうてん》されているのは、においも色もなく、事実上、化学的活性がゼロの希ガス類と窒素の組みあわせである。円筒形の内部空間は徹底的に滅菌されており、驚くほど清浄だが、これはそこにだれも入らないからだ。

モジュール内部には、たった二種類の試料しか収容されていない。あたかも生物のように自己複製するその試料は、モジュールが造られる理由となった研究対象――ＡＳ－１、ＡＳ－２として知られる地球外微粒子である。

かつてこのモジュール内に人間の手が触れたことはなく、これからも触れることはない。研究のための機能はひとつ残らず、無線で外部から遠隔操作できるようになっている。そして、ソフィー・クライン博士が国際宇宙ステーションに配属された最初のＡＬＳを持つ宇宙飛行士となっ

註３　確証が得られているわけではないが、機密あつかいを解除された一九七〇年代初頭のＣＩＡ報告書数点には、それぞれ独立に、シベリアのヴェルライクなる小さな町への言及が見られる。それらによれば、同町の住民は、ソ連の宇宙計画で大気上層から持ちこまれた微粒子と偶然に接触したらしい。しかし、複数の報告があるにもかかわらず、そもそもこの町が存在したかどうかを検証するすべはない。

たのは、そのたしかな遠隔操作技術のゆえだった。

筋肉が萎縮していく病気により、クラインは若くして脳《ブレイン》＝コンピュータ・インターフェイスを受けいれる完璧な被移植者となった。このインターフェイスで何年も訓練した結果、彼女はほとんどのコンピュータを、呼吸するのと同じように、自然に制御できるようになっている。遠隔接続を通じてこのうえなく危険な試料をあつかううえで、これは決定的な能力だ。

ほかにも遠隔操作に長《た》けたオペレーターたちはいる。だが、精神の働きだけで〈ワイルドファイア・マークⅣ〉実験棟モジュールを制御できるのは、ただひとり、ソフィー・クラインしかいない。

〈ワイルドファイア〉実験棟モジュールにアクセスするようにとの、スターン大将の指示を耳にこだまさせながら、クラインはつかのま、ためらった。左目がそれとわからないくらい痙攣するのをおぼえつつも、パーソナル・コンピュータとのやりとりに必要な筋肉群を動かしはじめる。指示を受けたコンピュータは、〈キューポラ〉下側の壁面に埋めこまれたモニターを始動させた。〈きぼう〉科学モジュールのカメラが送ってくるリアルタイム映像が現われた。女性宇宙飛行士のジン・ハマナカがいる。やはり軌道の変更が気がかりなようすで、なにやらあわただしくラップトップ・コンピュータに入力し、推進剤の残量をチェックしている。〈ズヴェズダ〉サービス・モジュールからのリアルタイム映像では、男性宇宙飛行士《コスモナウト》のユーリー・コマロフが睡眠ステーションから出ており、落ちついたようすで寝具をかたづけ、朝の会議前のひとときにいつも行なうエクササイズをはじめようとしていた。

クラインはモニターに映るふたりのようすをじっくりと観察した。クラインに判断できるかぎり、ほかのふたりの宇宙飛行士はパニックに陥ってもいないし、動揺したふるまいを見せてもいない。

クラインはうしろにからだを押しやり、ふわりと〈キューポラ〉を離れ、天井にある出口に向かって〝上〟へと移動した。浮かんでいくあいだ、何百キロも下に広がる多雨林をじっと眺める。だが、ステーションが東方へ向かう軌道をたどるにつれて、大樹林の光景はすでに西へ流れ去り、眼下の光景は大西洋に移り変わろうとしていた。

場合によっては、若いソフィー・クラインは療養所に入れられ、身動きもならぬまま忘れ去られていただろう――それも、子供時代を生き延びられたとしての話だ。そんな彼女が重力を超越できた唯一の理由は、人類が自然を押さえこむ力がつねに増大してきたからにほかならない。意のままにならぬ肉体に閉じこめられ、神の視点から地球を見おろしているうちに、クラインはその事実を強く認識せずにはいられなかった。

しかし――歴史が何度も何度も証明してきたように――人類の手にする力が大きくなればなるほど、危険もまた大きくなっていくのである。

5 〈天の宮殿〉

国際宇宙ステーション《ISS》に資金を提供した国家の連合体は（各国は資金を出すことにより、ＩＳＳの発見の分け前にあずかろうとしたのだ）、世界最大級の面積を持ち、最古の文明を誇る国家のひとつを参加させることを拒んだ。誇り高く、優秀で、アンドロメダ因子《ストレイン》を研究するにあたり、みずからも多大な努力をかたむけてきた国家をだ。

したがって、中華人民共和国としては、単独かつ一方的に行動するしかなかった。いやでもそうするほかないではないか。

他国との相互疑念、不信、競争は、アンドロメダ因子《AS》を理解しようとする国際的努力を破綻させた。ＡＳ-１微粒子は、いかなる人間も、どの民族であるかなどおかまいなしに、等しく無惨に殺すことが証明されていたが、むら気な国際政治力学は、すべての国家が手を取りあって対処する芽をつぶしてしまった。中国が自前の宇宙ステーション建造の方向に動いた裏には、それに対する反発があったといってよい。

天宮《ティアンゴン》一号が——天宮《ティアンゴン》とは中国語で〈天の宮殿〉を意味する——打ち上げられたのは、二〇一一年九月二十九日のことだった。なぜこの日かというと、中国版の黄道十二宮ともいうべき生肖《ション・シアオ》の占星術に照らしてみて、旅立ちにおいても諸事の創始においても、この日が吉祥な日だったからである。打ち上げは成功裏におわり、ステーションは十九度というわずかにかたむいた姿勢で軌道をめぐりだした。この軌道は、四川《スーチョアン》省の西昌《シーチャン》衛星発射センターから打ち上げられるロケットにより、定期的な補給を受けるのに格好のものだった。

同打ち上げは公示されなかったが、アメリカの諜報機関は早くも当該ステーションを察知してその動きに目を光らせており、予定より早かった活動停止までずっと監視をつづけていた。

破局が訪れたのは二〇一三年である。何十億元をも投じた事業がはじまってわずか二年のうちに、中国政府はいきなりこのプロジェクトの終了を宣言したのだ。中国当局は公式見解として、天宮一号は、〝中国国家航天局と中国人民にとり、赫奕《かくやく》たる功績をあげた〟と成果を強調している。

しかし、他国が二十四時間体制で行なっていた監視活動において、地上の一連の観測機器は、実態が中国当局の公式見解と著しく異なることを示していた。じっさいには、中国のミッション管制センターと当該ステーションとの無線接続が急に途絶えたらしい。遠隔測定もできなくなったと思われる。

いっさいの管制手段を失った天宮一号は、徐々に高度を落としはじめた。

多数の諜報機関が入手した温度計測値によれば、ステーションは生命維持装置が停止しており、その表面温度が周囲の宇宙空間と同じほど冷たくなっていたことはまちがいない。廃棄されたステーションは、それから五年のあいだ、推力がかかることなく、無線も沈黙した状態で、地球周回軌道をまわりつづける。

二〇一八年四月十日、ステーションはついに、大気圏上層の薄い空気の分子にからめとられ、分解不可避の再突入を開始した。大気との摩擦熱で、金属の円筒は分解して超高温の断片群となり、炎上する紙吹雪となって地表に降りそそいだ——アマゾン東部に広がる大原生林のまっただなかへ。

かくして、多大な予算と労力の結晶は、はかない灼熱《しゃくねつ》の光条となって潰《つい》えた。計画の失敗は、本来ならばとくに害をおよぼす恐れはないと見なされただろう。しかし、ここにひとつ、けっして見過ごしにはできない情報の断片がある。天宮一号を継続的に——その打上げから、補給ミッション、炎に包まれた再突入にいたるまで、一部始終を——監視していた者たちは、中国の航天局が絶対に公言しようとはしなかったある事実に気づいていた。

その事実とは、こうだ。ステーションに滞在していた三人の宇宙飛行士《タイコノート》のうち、最後のひとりは、ついに天宮一号から出てくることがなかったのである。

6　コードネーム・アンドロメダ

密林の樹冠が織りなす天蓋は、ところによって高さ五十メートルに達する。その天蓋からわずか五十メートル上空を、ローター音を轟《とどろ》かせて、シコルスキーH‐92スーパーホークが飛行していた。ローターの風圧を受け、樹々の葉が大きく揺れている。ヘリコプターのグレイ一色に塗装された金属機体は、密林の霧を条状《すじ》にまといつかせて飛んでいた。突き出た機首は猛禽の嘴《くちばし》のようだ。ヘリが通過したあとでは、サルの群れが樹冠で騒々しく鳴き叫び、色彩豊かな鳥たちが驚いて飛びたっていく。

いつの間に眠りに落ちたのか、ジェイムズ・ストーンには記憶がなかった。

耳を聾《ろう》するローター音と、枕がわりの丸めたジャケットごしに伝わってくる機窓のビリビリという振動音——そんな騒々しさのもとですら、ストーンはなんなく眠れてしまう。

のちに、彼の人生に関するすべての細部が機密あつかいを解除され、入念に検分されて、その詳細が新聞の一面や雑誌のトップページを飾ったさい触れられていたように、彼にはどこでも、ほぼいつでも、自在に――軍隊式にいえば〝スイッチを切る〟ようにして――眠る能力があった。まだ小さなころから、ジェイムズはそうやって眠ることができたという。

それは純然たる必然がもたらした能力だったにちがいない。子供時代のジェイムズは、高名な父親が――ノーベル賞を受賞した大学者、ジェレミー・ストーン博士が――学者として世界じゅうを行脚《あんぎゃ》したさい、ずっとついてまわった。身なりをきちんとととのえ、物静かなしゃべりかたをするジェイムズ少年は、声が大きくて堪《こら》え性のない父親とはすこしも似たところがなかったように思われる。この不釣り合いな親子のコンビは、ストーン博士が講演旅行に出かけ、科学の座談会に出席し、さまざまな国際科学プロジェクトに顔を出すたびに、世界をめぐり歩いた。おおむね数カ月おきの世界旅行だった。

ジェイムズ少年は、九歳になるまぎわに両親が離婚して以降、母親のアリスンとはほとんど会っていない。そして、少年とはまったく性格の異なる父親のジェレミーは、その終わりなき旅において、息子が日々、なにか新しいことを学べるように心を砕いていた。今日《こんにち》、家族との旅にともなうこの種の教育を指していわれる、ワールド・スクーリングである。

しかし、タブロイド紙を飾ることのなかった情報――私的な面談の数々で彼が語った身の上によれば、ジェイムズ・ストーンがどこでもすばやく眠れるようになった裏にはもうひとつ理由があった。彼はいつも同じ夢を見て、クモの巣で肌をなでられるようなおぞましい感覚に恐怖し、しじゅう飛び起きてばかりいたのだそうだ。今回、シコルスキーの機内でも、それは同じだった。のちに回収されたキャビンのセキュリティ・カメラがとらえた映像には、ストーンがはっと目を覚まし、かつて軍で使われていたヘリコプターの殺風景な内装をぼんやりと見つめるようすが映っている。このとき、太陽は地平線から顔を出したばかりで、キャビン内を朝の赤い陽光が染めあげていた。ストーンの口もとには緊張がうかがえる。ついで、何度かまばたきをし、リラックスしようと努める姿が見られる。

当人の述懐によれば、夢はいつも同じで、何年ものあいだにすっかり定着してしまったため、そのイメージはなかば記憶も同然になっていたという。それは身の毛もよだつ流血の夢――真っ白な砂漠の熱砂の上を、暗い赤葡萄酒《ぶどうしゅ》色の血が流れていく夢だった。だが、広がりゆくその血は唐突にとまる。なにかがおかしい。血の表面がいきなり凝固したかのようだ。と、光沢のある血だまりがぐんぐん縮みだし、水分を失い、こまかな赭土《あかつち》色の微粉の広がりと化した。乾いた血の微細な粒子は砂漠の熱風を受けて渦を巻き、いずこかへ運び去られていく。

ヘリの中で、ストーンは左右に首をふり、そのイメージを追いはらった。

心の中から夢を締めだして、機外に明けゆく密林に意識を集中する。いつかこの日がくることに、漠然とした予感はあったにちがいない。怖いもの知らずの科学者に育てられたストーンは、五十代はじめになってついに、父親のそれに匹敵する冒険に参画できたのである。

だれもすわっていない隣席には、何枚もの状況説明書が広げたままになっている。各ページはものものしい警告と機密種別のマークだらけだ。そのなかには、厚手の用紙に光沢印刷された一枚の写真があり、そこに数ページにわたって、技術的な数値を記した資料も添付されていた。

それはきわめて衝撃的な写真だった。

超高解像度のこの画像は、軍の適応型超解像画像再構成アルゴリズムで生成されたものである。これは複数の動画フレーム、静止画像、レーダーで計測した地形情報を合成し、三次元的イメージを創りあげ、驚くほど細部まで鮮明に再現する技術だ。

そうとわかってはいても、この写真は作りものに見えた。

この構造物は、世界旅行の一環で訪ねた、グアテマラやユカタン半島に残るマヤの古代寺院を連想させる。霧深い密林からぬっと頭を覗かせたマヤの石造建築は、まるで周囲に広がる原初の風景のただなかで凍りついた巨人のように見えたものだった。

この構造物にも似た雰囲気がある。異なるのは、この特異な構造物の外見が、著名な科学者たちで作る某国際研究グループの興味を引き、地球上でもひときわ到達しにくい密林の奥地を調査する必要性を感じさせたことだ。どうやら、よほど大きな価値があると判断したらしく、そのグループは、ブラック・マーケットでパイロットごとヘリコプターをチャーターし——これだけでも法外な料金をとられたにちがいない——そのうえ、三人の礼儀正しいが現役ばりばりの軍人に指示して、特別講演のため大学に呼ばれていたストーンのもとへ差し向け、まだ講演の真っ最中だというのに、壇上からむりやり連れ去って、携帯電話も取りあげたあげく、有無をいわさずヘリに乗せたのである。

ストーンは光沢写真をちらと見ただけで、視線を別の資料に移した。この構造物はたしかに興味深い。だが、ほんとうに好奇心をかきたてるのは、写真ではなく、この資料のほうだ。

質量分析結果

///これらのデータは［検閲済］によって収集されたものである。高分解能質量分析スペクトル一式は空軍宇宙コマンドにのみ利用を認められる。///

許可なき利用を禁じる。最高機密——流出させた者は審理なき即時執行を含む刑罰に処せられる

未知の計測値 /// 未知の計測値。窒素。飽和状態///組成分析……

……アリゾナ州ピードモントの事件。
一致***一致***一致***

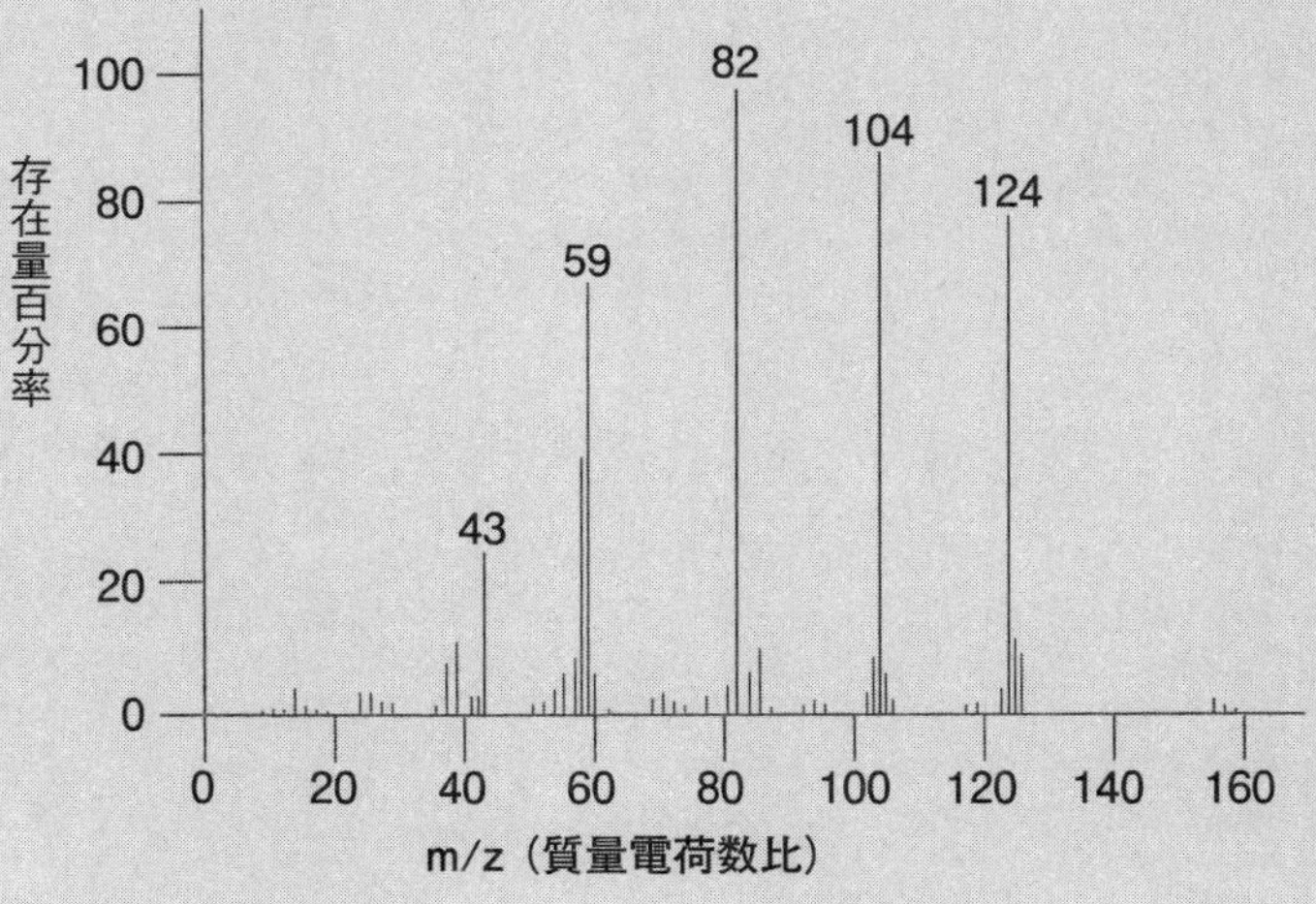

ここに記されている大気の計測値は、驚くべきことに、アンドロメダ事件の直後、アリゾナ州ピードモントの天日で焼かれた平原から上昇する空気の組成とうりふたつだった。

そしてその資料には、忘れえぬ名称が付されていた。

ワイルドファイア計画＊ワイルドファイア計画＊ワイルドファイア計画＊

このことばはまちがいなく、ストーンの心の奥底に葛藤《かっとう》をもたらしただろう。五十年以上前、彼の父親は、アンドロメダ因子の拡散を食いとめるうえで重要な役割を果たした。その後、ジェイムズ・ストーン自身もワイルドファイア対策要員候補者リストに選別されるさい、機密文書の迷宮に対するアクセスを許可されている。その機会を利用して、彼はアンドロメダ事件の詳細を徹底的に調べあげた。とりわけ、父親が果たした役割についてだ。

しかし、老いた父親と同事件のことを話しあいたくとも、それは不可能だっただろう。文字どおり、法を犯すことになるからである。

ともに世界じゅうをめぐり歩いていた年月、父親と息子がピードモントで起きたことを話しあった形跡はない。髪が後退し、フレームの太い眼鏡をかけたジェレミー・ストーン博士が一九五〇年代の謹厳さを捨てることは、ついになかったと思われる。彼は最高機密をきわめて生まじめに守りぬいた。ジェレミー・ストーンは、かの地で起きた五日間のできごとについて、わずかでも機密事項を口外したことはない――息子にも、別れた妻たちにも、人生で出会ったどんな人間に対しても。

父親は遠い存在だったが、ジェイムズ少年はさまざまな点で父親を心から尊敬していた。

やがてジェイムズ少年は、痩せぎすで禿げかけた父親とはまったくタイプのちがう人間に成長した。背が高く、スポーツマンで、髪はふさふさとして黒く（いまはもうだいぶ白いものが混じっているが）、物静かだがひたむきな性格――これが若いほうのストーンの特徴である。職業面では、ロボット工学と人工知能の専門家として最大級の成果を収めている。父親が神聖な学問における伝統の範疇《はんちゅう》で活動したのに対して、ジェイムズは産業界とも積極的に交流し、さまざまなハイテク企業の――スタートアップ企業と古参の企業とを問わず――コンサルタントを務め、ワーカホリックとして休むことなく孤軍奮闘し、剃刀《かみそり》のように鋭い知能を存分にふるって、莫大な収入を得ていた。

年上のほうのストーンは、亡くなったときはやもめだったが、これまで四回結婚し（うち二回は研究仲間の細君とだ）、四回とも離婚している。息子のジェイムズ・ストーンはそういう経緯を見てきて女性との関係を疎んじたのか、結婚したこともなければ、子供を儲《もう》けたこともない。しかし、両極端ともいえる親子ながら、それでもジェイムズは、いろいろな面で父親の息子だった。

当人によれば、まだ若い時分、たまたま新ワイルドファイア計画に誘われて、参加を承諾してからというもの、そのことを父親に話さずにいるのは、なによりも困難なことのひとつだったという。

しかし、父親のほうも、立場が同じであれば、まったく同じことをしたにちがいない。

　シコルスキーＨ‐92のパイロットと副パイロットについては、とくに記録が残っていないが、伝聞によれば、ふたりはブラジルの麻薬組織《ナルコトラフィカンテ》の者だったと見られる。主観的には犯罪者に思えても、役割だけを客観的に考えれば、この地域をゆくのにこれ以上適任の案内人はいない。アマゾン盆地はほぼ全域が警察の監視下になく、そこを抜けていく複数のルートはコロンビアの麻薬カルテルが好んで使っており、ブラジルの組織はその案内役を務めていたのである。

　パイロットは、自分がなぜアメリカ人《アメリカーノ》を乗せて飛んでいるかを知らなかった。それも、こんな真っ昼間にだ。組織の上の者たちに対して、巨額の、しかも足のつかない報酬がキャッシュで支払われたことも知らなかったし、この仕事を生きてやりとげられるかどうかについても心もとない思いをいだいていた。

　なによりも気がかりなのは、この最後の懸念——生きて帰れるかどうかだった。

　このシコルスキーは、じつは常時、ピーターソン空軍基地の監視下に置かれていた。太平洋岸沿海には、現在、ニミッツ級空母、ＵＳＳカール・ヴィンソン（ＣＶＮ‐70）を中心とする空母打撃群が展開している。アメリカ軍とペルー軍合同による緊急時即応演習の名目で派遣されてきたものである。そのニミッツから、ついさきほど、一機のＦ‐35Ｂライトニング・ステルス戦闘機があわただしく発進した。シコルスキーにすこしでも汚染の徴候が見られたら、ただちに複数のＡＩＭ‐120発展型中距離空対空ミサイル《アドバンスト・ミディアム・レンジ・エア・トゥ・エア・ミスル》（ＡＭＲＡＡＭ）を発射、撃墜するのがその役目だった。

ヘリコプターのパイロットはそのことも知らない。だが、なにかがおかしいことには確実に気づいており、それもあって、賢明にも、指定されたコースをわずかでもそれないよう心がけていた——そのコースをとることで、密輪ルートが明るみに出てしまう恐れがあるにもかかわらず。

「これから降りる《アゴーラ・ノス・デセーモス》」パイロットはアメリカ人にいった。「着陸だ。揺れにそなえろ」

キャビンにいるジェイムズ・ストーンの耳にも、頭にかぶったヘッドフォンを通じて、パイロットのノイズまみれの声がどうにか聞こえた。

「なぜここで?」途切れることなく眼下につづく密林を眺めて、ストーンはたずねた。「目的地はもっと先だろう?」

「クァレンテーナ。半径五十キロ」

クァレンテーナ——隔離地域か。すると政府は、とにもかくにも、ピードモントで教訓を得ていたわけだ。ＡＳ‐２樹脂分解体《プラスティファージ》の微粒子が目標付近の空中にただよっていれば、低空を飛行する航空機は汚染されかねない。のちに回収されたキャビン内の記録映像には、このときストーンが、急いで窓のプラスティック・パッキンに指を走らせ、状態を調べる姿が映っている。侵蝕されていないかどうかをたしかめていたのだ。

まだだいじょうぶだった。

アンドロメダ病原体の進化型、ＡＳ‐２と呼ばれる変異体は、樹脂を構成する重合体《ポリマー》を解重合する。とりわけ好むのが、この微粒子が分析される前に合成された旧タイプのポリマーだ。機密情報ではあるが、ジェイムズ・ストーンは知っていた――ＡＳ‐２がいまも、はるか上空、窒素の豊富な中間圏にひしめいていることを。

　大きく吐息をつく。

　もしこのヘリコプターがＡＳ‐２に感染していたら、とうにその餌食になっていただろう。いまごろはエンジンの重要な部分が分解し、ヘリは密林に墜落して、乗っている者はみな金属と泥の塊の中で死んでいたはずだ――最初の接触ののち、ピードモント上空を通過した中距離ジェット偵察機、Ｆ‐40スカヴェンジャーの不運なパイロットのように。あるいは、一九六七年二月十七日、タングステン＝プラスティック・ラミネートの熱遮蔽板《しゃへい》が微粉と化した結果、火だるまになって墜落した、アンドロス五号宇宙船の操縦士のように。

　今後数秒間、自分が火だるまになって死ぬ恐れはないと確信したストーンは、機窓の外に広がる大樹海に注意を向けた。外に広がる密林はすべて、先住民の地《テーハ・インディージェナ》――何キロも何キロも連なる、ブラジル政府の指定した先住民保護区だ。しかし、当のブラジル政府は、はたしてこのミッションのことを知らされているのだろうか。

　どうも疑わしい。

　そのとき、密林から立ち昇るひとすじの赤い煙が見えた。川岸付近の密林に樹を伐《き》られた空き地があり、煙はそこから立ち昇っている。空き地の中央には、最近建てられたとおぼしき小さな共同家屋《マロッカ》があり、その周囲は伐採された植物や樹々で囲まれていた。

　ストーンの目に、その空き地は傷痕のように見えた。原初の密林という肌に生じた、タバコの火傷痕のようでもある。

しかし、パイロットの視点では、その空き地は五百キロ以内の範囲で唯一の着陸場所に見えた。いったん通り越したのち、パイロットはヘリの高度をあげ、その空き地に向けて大きく旋回すると、一帯のようすを探ると同時に、空き地の者たちに着陸の意図をほのめかした。

音声記録には、このときパイロットと副パイロットのあいだで交わされた、混乱と恐怖に満ちた激しいやりとりが残っている。三秒後、パイロットが操縦桿《サイクリック・スティック》をぐっと前に倒し、胃がひっくりかえるような感覚とともに、シコルスキーを急降下させた。例の黒い特異体は、地平線上にかろうじて見えている。しかし、パイロットの目は一瞬、何キロも離れた樹冠の上に、それとはまた別のものをとらえた。

ストーンもはっきりとそれを認めた。

「待て！」無線でパイロットに呼びかける。「あれはなんだ？　あの樹の上のものは？」

だが、ヘリは旋回しながら、急激に高度を落としていく。

「準備だ！　早く！」パイロットがストーンに怒鳴り、副パイロットをつついた。

副パイロットがキャビンに出てきて、ストーンのひざごしに手を伸ばし、巻きあげ式のサイドドアを無造作に引きあけた。ストーンは思わず身をすくめた。ドアの外に現われた地上は、まだ三十メートル以上も下にあったからである。ローターの強烈な風圧を浴びて、密林の樹冠が激しく揺れ動いている。キャビンに湿度の高い空気が流れこんできた。

ストーンは首を伸ばし、遠くへ目をやった。最後に一瞬だけ、あの奇怪な光景にけげんな目を向ける余裕が持てた。

つぎの瞬間、シコルスキーは樹冠よりも下の高さに降下し、空き地の赤い泥に勢いよく接地した。タイヤがバウンドし、機がいったん宙に浮かびあがる。その後、ヘリが完全に着地すると、パイロットは操縦席を離れ、キャビンの副パイロットに合流し、網で固定されていたストーンの手荷物を引きだしにかかった。ストーンには目もくれず、ポルトガル語でたがいに叫び交わしている。エンジンはとめず、ローターも回転させたままだ。

ストーンはといえば、着陸前に見たあれがなにかをまだ理解できずにいた。

ちらりと見たかぎりでは、あれは樹々の樹冠になだれかかり、おおいかぶさる、黒い波のようだった。川を遡行《そこう》するサケの群れのようにひしめく、なにか黒いものの大群だ。明るいグリーン《エレクトリック》の葉むらの下にも、同じく波紋のような動きが見えた。

「セニョール！」ローター音にかきけされないよう、ストーンは大声でパイロットたちにきいた。「あれはなんだったんだ？　あれはいったい――」

だが、向きなおったパイロットたちの表情を見て、ストーンはぎょっとなり、その先を呑みこんだ。

のちの述懐で、ストーンが〝強面《こわもて》〟と形容した男たちの顔に浮かんでいたのは、純然たる恐怖の表情だったのである。その瞬間、その表情と彼方にひしめく大群とのあいだに共通項が見いだされ、謎が解けた。

パイロットと副パイロットが、ストーンの黒いハードケースを機外に放りだす。ストーンはあわてて文書をかき集め、ダッフルバッグにつっこみ、ストラップを肩にかけて立ちあがった。つかのま、搭乗口に立ちつくす。外から射しこむ真紅の朝陽を浴びて、その姿が細いシルエットとなって浮かびあがっている。

ストーンは肩ごしにふりかえり、うわずった声でパイロットに問いかけた。

「あそこに見えたもの――あれはサルの群れだったんだろう？　そうだな？　樹の上のほうで、あわてふためいて枝渡りしていたんだ。何百頭も。いや、千頭はいたろうか」

パイロットは答えない。ミラーグラスをかけた顔は、もはや感情が読めなくなっている。と、なんの警告もなく、副パイロットがうしろからストーンの両肩に手をあて、ヘリの外へ荒々しく突き飛ばした。ストーンはどうにか転ばずに着地できたが、勢いあまって、ぬかるんだ地面に両ひざをつく形となった。

シコルスキーは早くも発進していた。ストーンが立ちあがるひまもなく。

7 現着

ニディ・ヴェーダダラ博士は怒っていた。怒っていたし、じれてもいた。一匹の蚊を片手でぴしゃりとたたき、降下してくるシコルスキーH‐92のけたたましいローター音に黒い眉をひそめる。周囲に広がる急造の空き地には、風圧で倒れたいくつもの黒いハードケースが泥にまみれて散らばっている。それぞれに収められているのは、これから必要になる貴重な機材だ。壊れていないかどうか、早急に確認しなければならない。あたりを揺るがすローターの轟音《ごうおん》と振動に怯《おび》えて、鳥たちが鳴きながら周囲を飛びすぎていく。川岸にいたカイマンの幼体が驚き、水中に飛びこんだ。

彼女はそのすべてを無視し、握りしめていたこぶしを意識して開くと、ハードケースの中身の確認をはじめた。密林自体には恐怖をおぼえていない。それほどには。

ヴェーダダラは孤児で、インドのムンバイーにあるモーラールジー・ナガルのスラムで育った。属するカースト《ヴァルナ》はダリト――なにかと疎外され、差別される〝不可触民〟だ。貧しくはあったが、しかし彼女は、持って生まれた鋭敏な知性で世界を鮮明に眺めていた。赤みを帯びたぼさぼさの黒髪の、骨と皮ばかりだった子供のころから、彼女は一度も疑ったことがない——いつの日か、狭い路地、悪臭を放つ共同体便所、公害で汚染されたミーティー川の、胸が悪くなる瘴気《しょうき》から脱出できることを。

最初に受けた受験義務のある全国実力試験で、ヴェーダラはインドの就学児童約千五百万人中、最高の成績をとった。なんの後ろ盾もなかった彼女が、人類の命運がかかった今回のミッションにさいし、著名な科学者たちを押さえてリーダーの地位についたのも、それだけ懸命の努力を重ねてきたからにほかならない。

新世代ワイルドファイア計画の創立メンバーのひとりであるヴェーダラは、この調査行のリーダーとなるべく、マサチューセッツ工科大学に構える研究室の中から、武装した軍人たちによって連れだされ、車で一時間の移動を経て、ハンスコム空軍基地に連れていかれた。そして、あろうことか、人員輸送には向かないC-130ハーキュリーズ戦術輸送ジェット機に押しこまれた。このとき、身分を証明するすべてとともに、スマートフォンやラップトップ・コンピュータも没収されている。彼女が到着した時点で、輸送機はすでに燃料補給をおえ、滑走路で待機していたが、いまだ搭載していく装甲兵員輸送車の積みこみ作業が——この装甲車には折りたたみ式の補助席が数脚しか用意されていない——完了していなかった。

しかし、この急な展開にも、彼女はすこしも驚かなかった。

ヴェーダラは小柄な女性で、ちゃめっけのある顔だちをしており、髪はごく短くて手入れの簡単なピクシー・スタイルにしている。真剣に考えごとをしていると、顔をしかめるくせがあり、そのせいで、意図せずしてまわりの者を怖がらせてしまいがちだ。背は小さくても、存在感は大きい。それゆえだろう、彼女を連れてきた軍人たちは、出発準備が完了すると、ふたりのパイロットと搭載管理者とともに、そそくさと前部のコックピットに引っこんでしまった。それからの十二時間、洞窟を思わせる巨大なけものの腹の中で、ヴェーダラはたったひとりで過ごしていた。ときおり睡眠をとりはしたが、機内の強烈な照明のもとで、赤い表紙をつけられた部厚いフォルダーを読んでいることのほうが多かった。

この機に連れこまれた瞬間から、ヴェーダラは気づいていた。これほど高いコストを許容する脅威は、たった一種類しかない。地球規模の危機——人類の存亡にかかわる揺り返しだ。世界がほんとうに破滅しかねない事態が進行しているにちがいない。

ヴェーダラはむしろ、それを歓迎した。

結局のところ、まさしくこの状況のために、彼女は研究に打ちこんできたのである。ナノ構造を専門とする材料科学者として、ひたすら研究生活に没頭し、学会でみるみる頭角を現わしたのも、このときのためといっていい。

ヴェーダラの新しいメタマテリアル、つまり〝性質を人為的に変化させた物質〟に対する飽くなき探求は、〝量子力学の気まぐれ〟を〝奇蹟的な効果〟にまで発展させた。彼女の研究室でなされた数々の発見のなかには、電磁エネルギーを吸収してまったく網膜に映らず、絶対的な黒にしか見えない新材料や、可視光の波長をずらして対象をぼやけさせ、見えなくする透明マント、表面を完璧になめらかにして摩擦をほぼゼロにし、どれほど粘性の強い液体もへばりつけなくする新素材などが含まれる(註４)。

しかし、ヴェーダラの真価は、公《おおやけ》の目には触れない部分にある。

かなり早い段階で、彼女はさる合衆国空軍少将から接触の打診を受けた。ランド・Ｌ・スターンという名の、野心的な元戦闘機パイロットで、当時はウェスト・ポイントの合衆国陸軍士官学校に籍を置き、理論数学を教える立場にあった人物だ。

そのころのヴェーダラは、学界と軍が交流しうることを知らなかった。しかし、意志を固めた将軍の誘いは、さすがに断わりきれるものではない。会ってみたところ、将軍が語ったのは、歴史的に重大な意味を持つプロジェクトにとって、ヴェーダラの専門知識が必要だ、協力してくれるなら署名欄にサインしてくれるだけでいい、という主旨の説明だった。将軍はさらに、ヴェーダラの経歴はすべてチェックずみで、将軍の分析官たちが精査し、情報漏洩の恐れがないことも確認していると伝えた。

思いがけないことばに、ヴェーダラは目をしばたたいた。

自分がなんらかの精査を受けていたことにはまったく気づいていなかった。顧みれば、それまでの数週間、ニューヨーク・タイムズのクロスワード・パズル欄に妙な設問がつづいてはいた。

註４　この特許はいずれ、ケチャップの容器の内側をコーティングすることで大きな威力を発揮し、ささやかだがだれもが難渋する問題を永遠に解決する可能性を秘めている。

院生たちが研究室にくるたびに携えてくる複雑な問題もやけに増えていたが、あれも妙だ。

いずれにしても、それまでの人生で、ヴェーダラがなんらかの試験を通らなかったことは一度もない。今回も同様だった。

軍の機密に触れる資格を与えるとの、スターンの申し出を受けいれたヴェーダラは、アリゾナ州ピードモントの事件の詳細を、細部にいたるまで真剣に聞き入った。そして、すべてを聞きおえたときには、自分が果たすべき役割を完璧に理解していた。

当初は細菌と思われ、菌株《きんしゅ》と呼ばれていたアンドロメダ因子《ストレイン》は、じっさいには、新たな科学分野と共通する要素の多い存在であるように思われた。その科学分野とは、ナノテクノロジー——一〇〇ナノメートル未満の微小機械を研究する分野である。

ヴェーダラは、ナノスケール構造の特性を理解することと、針の頭の上に乗れるほど（それも、おびただしい天使といっしょに踊れるほど）小さな人工物を構築することに研究生活を費やしてきた。ナノスケールの領域では、とてつもない可能性が人類を待っている。ヴェーダラはそれを知っていた。そして、スターンと面談してのち、この神秘的な地球外微粒子を理解することは、彼女にとってライフワークとなった。

これまでのところ、研究は満足のいく成果をあげている。

天才的な閃きにより、ヴェーダラは既存のアンドロメダ《A》因子《S》二種を、相互に暴露させてみた。その結果をナノスケールで分析してみてわかったのは、それぞれの因子が、たがいの存在を完全に無視しているということだった。近親のいとこ同士ではあるものの、双方の構造は、ある種、競業避止《ひし》契約状態に入っていたらしい。

本質的に、ＡＳ‐１とＡＳ‐２は、たがいが見えないのである。

これに気づいたヴェーダラは、二種のアンドロメダ因子双方の形状をまねたナノ構造を構築し、それを対象に噴霧して被膜を作ることで、両者がともに反応しない表面を作ることに成功した。そして、その噴霧剤を大量生産できるようにもなった。だが、これほど聡明なヴェーダラにも、みずからの創造物に気のきいた名前をつける才能は欠けていた。画期的抗反応剤に彼女がつけた名称は、〈アンドロメダ因子の反応を抑制するセルロース系ナノ結晶体〉だったのだ。

この抑制剤は、これまでのところ、低軌道をめぐるスパイ衛星や、政府が打ち上げるロケットに使用されて、これらを大気中のＡＳ‐２から保護する役にたっている。この事実は、何十年にもおよぶ研究室での極秘研究を経て、奇妙な樹脂分解性微粒子を相手どり、人類がはじめて上手にまわったことを意味していた。そして、いま――はじめて記録に現われた〝野生化した〟アンドロメダ因子に対し、開発者がみずから自分の創造物の効果を試すときがきた。もちろん、失敗するとは思っていない。

時刻は正午ちかく。チームのメンバーはおおむねそろっている。それぞれ、命の危険を顧みず、アマゾンの密林のまっただなかへやってきた者たちだ。

その全員が、時間どおりに到着したが――ひとりだけ例外がいた。ジェイムズ・ストーン博士である。

ロボット工学者であるストーンのスキルは、この任務に必要とは思えない。ヴェーダラの予想どおりなら、ストーンの位置には微生物学者か細菌学者が入ってしかるべきだ。もっと多分野にわたる研究者なら何人いてもいい。それなのに、スターン将軍はストーンを加えろといってゆずらなかった。

名もない泥水川のほとりに立って、ヴェーダラは考えた。このミッションにどれほど大きなものがかかっているのかは知っている。過去の経緯についてもだ。ゆえに彼女には、なぜジェイムズ・ストーンが彼女のチームに否応なく加えさせられたのか、自分なりの見当をつけていた。ヘリから降りたストーンが、ようやく荷物をまとめはじめた。ヴェーダラは眉間にしわを寄せ、くるりと背を向けて、ハードケースの確認を再開した。

ヴェーダラは孤児であり、唯一、自分だけの力で成功してきた。そんな彼女からすれば、ストーンの存在は容認しがたい。ジェイムズ・ストーンは高名な科学者、ジェレミー・ストーンの息子であり、そんな人物が彼女のフィールド・チームに加えられたとなれば、考えられる理由はただひとつ。彼女が根本的に敬意を払えないもの——血統にちがいない。

8　真昼の現地状況説明《フィールド・ブリーフィング》

ポン・ウーは、ほかの三人の科学者が樹々を伐採した空き地の一カ所に集まり、荷物をチェックするようすを眺めていた。口はひとこともきかない。もちろん彼女は、英語を完璧に話せるし、それをいうなら、フランス語とドイツ語にも堪能だが、経験上、ヨーロッパとアメリカの科学者たちといるときは、たいていの場合、沈黙を通すのがベストであることを知っていたのである。チームの科学者たちの一件書類には目を通してある（英語の文書と人民解放軍が用意した文書、双方でだ）。しかし、じっさいに顔を合わせたのは、ついさっきのことだった。

見ていてなごむのは、老齢のアフリカの男、ハラルド・オディアンボしかいない。オディアンボはゆっくりと、慎重にことばを選んでしゃべる。その部厚い丸眼鏡の下で、しばしば皮肉な笑みを浮かべるが、しじゅう歯を見せて笑うこともなければ、無意味なほほえみを浮かべることもない。

回転の早い頭脳と洞察力にすぐれた黒い目とで、ウー少佐は知っている。西洋人、とくに民間人の目には、自分がきつく見えることを。だからといって、どうということはない。彼女の見るところ、西洋人が自分にいだく忌避感は、もちろん、文化面での分断もあるにせよ、むしろ彼女が軍人であることと、個人的な性格によるところが大きいのだから。

鄭州《チョンチョウ》市で育った子供時代、ウーの両親は家をあけることが多かった。人民解放軍のさまざまな任務を帯びて、各地に派遣されていたからである。祖父の手で育てられた彼女は、まもなく分離不安からパニック障害の発作を起こすようになる。それを解消するために、祖父は孫娘に囲碁《ウェイチー》なる（合衆国では〝ゴー〟として知られる）古いゲームを手ほどきした。祖父いわく、〝人生は囲碁のようなもの。一手打つたびに、ことばのはしばし、しぐさや表情を通じて思いが表に出る。だから自分自身を律して一手一手を打てば、不安を払拭《ふっしょく》してゲームに勝てるものだ〟。

祖父の教えを実践してみて、ポン・ウーは、勝つことが大好きな自分を発見した。囲碁でも、人生でもだ。

それからの年月、最少の手数で目標を達成することは、ウーの基本戦略となった。人民解放軍でみるみる昇進し、きわめて競争率の高い宇宙飛行士の訓練を受けられたのも、とるべき行動を入念に選ぶことで不安をぬぐいさるすべを学び、任務を達成するために全力をあげてきたからにほかならない。その戦略にのっとって、彼女は野心の大きな同僚の軍人と結婚することを選び、政府と軍の絶大な信頼を得ている。

ここでウーは、十二名の辺境部族に注意を向けた。いずれも、今回の探険のために雇われた、アマゾンの密林にくわしい地元民だ。その役割は、樹を伐採してこの発着場所を設けることと、科学者フィールド・チームのガイドとしてアマゾンの奥地へ同行し、荷物を運び、護衛を務めることにある。褐色の肌の男たちは、伝統的な部族の装飾品といっしょに、近代的な軍の装備をも身につけていた。そして、どの男も無駄口をたたくことなく、チームとして効率よく働き、手に入る天然の資源を用いて、森を伐《き》り開いた空き地にベースキャンプを作りあげようとしていた。すっかり身に馴じんだ足運びといい、山刀《マシェッテ》の振るい方といい、生まれたときから密林で暮らしてきたことはひと目でわかる。

いっぽう、民間人の科学者たちは、スマートフォンもインターネットもない暮らしに慣れようとして、苦労しているように見える。

旅行用バックパックを荷ほどきし、地元民のポーターのひとりにかつがせるため、予備の科学機材を取り分けながら、ウーはなるべくガイドたちと行動をともにしようと決めた。ガイドたちのそばにいれば、生存の確率を最大にできる。それはすなわち、任務を成功させる確率が最大になることを意味している。

「そろったわね、やっとのことで」ヴェーダラがいった。

インド系の女性は、そこでちらりとジェイムズ・ストーンを見た。ストーンは機材を満載した黒いプラスティック製のハードケースを引きずり、肩で息をしながら、重い足どりでぬかるんだ空き地を横切ってこようとしているところだ。真新しい密林用の服を着たロボット工学者は——服はほかの者と同様、カーキ色の丈夫な綾織り布で仕立ててある——年齢が五十代はじめだというが、もっと若く見えた。真昼の強烈な熱波を浴びて、その顔は早くも汗まみれだ。

「さて、はじめましょうか」

ヴェーダラはそういって、共同家屋《マロッカ》の低い天井の下で立ちあがった。素朴な草葺《くさぶ》き屋根のこの小屋は、ガイドたちが大急ぎで造ったもので、小さくせせらぎの音を響かせる泥水川のほとりに立っている。折りたたみテーブルの上には紙の地形図が広げてあり、その四隅に重しとして、泥のついた石がのせてあった。テーブルをはさんでヴェーダラの向かいには、一分の隙なくきちんと制服を着たポン・ウーが立っている。人民解放軍の空軍少佐は、いかにも軍人らしいしかつめらしさで、背筋をまっすぐに伸ばし、よく鍛えて引き締まった上体を長袖の上着に包み、カーキ色の丈夫なズボンをブーツにきちんとたくしこんでいた。

軍人らしく直立不動で立つウー少佐と著しく対照的なのが、ずっと年上のハラルド・オディアンボだった。ケニア人の男性科学者は、背が高く、がっしりとした体格で、ごま塩の頭髪を短く刈りあげており、どこかおもしろがっているような態度で一同を見ている。服装はなんともだらしない。きわめつけはカーゴショーツと、つばの片側を金具でとめる、オーストラリア式のブッシュ・ハットだ。

オディアンボはおだやかな目を、汗みずくでようやく草葺き屋根の下までやってきたストーンに向け、声をかけた。

「ようこそ、ストーン博士」アクセントの完璧な英語だった。「きみの低解像度画像処理を用いた障害物回避の論文、あれは楽しませてもらったよ。じつによくできていた」

ストーンは、すぐには反応できなかった。まさか、かの有名な地球外地質学者が、自分の論文を読んでくれていたとは……。そこでストーンは思いだした。そういえば、〝オディアンボが読んでいないものはない〟とよくいわれるように、この老科学者は博覧強記なことで定評がある。それを思いだすとともに、ふだんの人あたりのよさがもどってきて、ストーンは答えた。

「それはどうも、オディアンボ博士。とても光栄だ。申しわけないが、こちらはあなたの最新の研究をまだ――」

ヴェーダラが口をはさんだ。

「そういう話はあとで。ハラルドは、興味を持ったものにはなんにでも目を通して、幅広い知識を持っているの。だから今回のミッションにはうってつけの人材なのよ。専門分野だけに特化した学者馬鹿ではないわ」

ヴェーダラの皮肉混じりのことばは宙にただよい、場を気まずくさせたが、そこで着信音が鳴り、悪い雰囲気を断ち切った。

「では、状況説明にもどりましょう」

ヴェーダラはテーブル上のイリジウム衛星電話を取りあげた。黒いプラスティックの軍用モデルは、国防情報システムズ局《ディフェンス・インフォメーション・システムズ・エージェンシー》（ＤＩＳＡ）特製で、耐候性、防水性にすぐれ、暗号化通信技術が組みこまれており、電源オンのままアンテナをつけかえられるアダプターもついている。いまつながっているのは、小屋の支柱数本にかけわたした黒いアンテナ線だった。密林の湿度の高い熱気の中で、衛星電話の小さなアイスブルーの液晶画面がクールな光を放っている。四本あるアンテナバーは、四本とも点灯していた。受信状態は良好だ。

「ソフィー・クライン博士が国際宇宙ステーション《ISS》から参画しているのよ」ヴェーダラは一同に説明し、呼びだしに応えるため、通話ボタンを押した。「こんにちは、博士。そこからの眺めはいかが?」

「最高よ、ニディ。蚊もまったくいないしね」

全員に聞こえるよう、衛星電話はスピーカー通話に設定されている。聞こえてきた声は、自信たっぷりの、女性らしい声だった。ただし、微妙に滑舌が悪く、かすかに震えぎみでもある。これは神経変性疾患をかかえているからだろう。声はつづけた。

「いまはちょうど、あなたがたの真上にいるわ。でも、もう何分かしたら、ISSは軌道を進んで、そちらからは地平線の陰に隠れてしまうから、通信状態は悪くなるでしょう」

周囲のクルーを見まわしながら、ヴェーダラはいった。

「わたしが個人的に作成した状況説明のメールは読んでくれたはずね。国防省から送ってきた、赤い表紙の文書フォルダーも……」

ここで、ジェイムズ・ストーンが片手をあげた。ヴェーダラはことばを切り、けげんな顔を向けた。

「なに?」

「割りこんですまない、ヴェーダラ博士。しかしぼくは、きみが個人的に作ったという状況説明メールをもらっていない」

ヴェーダラはいらだち、目にかかったくせの強い黒髪をかきあげた。

「それは当然でしょう。あなたは……土壇場で追加されたんだから」

「しかし、そうはいっても――」

「あなたのせいではないわ」ヴェーダラは押しかぶせるように答えた。意図した以上に、きつい口調になってしまった。「この探険隊の最終的な構成を決めたのは、われらが恐れを知らぬリーダー、スターン将軍だもの。わたしには、彼の持つ情報のすべてにアクセスする権限はないの。あなたに対しては、目的地へ移動しながら詳細を説明することになるでしょう。さあ、そろそろ昼の行軍を開始する時間よ。これはワイルドファイア計画。この名前だけで、ここにいる全員が、どれほど大きなものがかかっているのかわかるわね？」

「世界の運命……かな？」そういって、オディアンボがほほえんだ。

「真相からは、そう遠くはないかもしれないわね」とヴェーダラは答えた。「説明事項、その一。二十六時間前、地形マップ製作用のドローンが、この密林の奥地に、ひとつの……構造物を発見したの。場所はここから五十キロの地点。この特異な構造物の高さは約六十メートルで、付近には既知の道路も滑走路もないわ。人跡未踏の密林のただなかに、この二週間のうちのどこかで、忽然《こつぜん》と出現したらしいのよ。わたしたちがここにいるのは、それを調査するため。発見後に行なわれたマススペクトル分析の値は、かつてのアンドロメダ事件で記録された化学的特徴と酷似していることが確認されたそう。なにか質問は？」

「またアウトブレイクか」オディアンボが思案をめぐらしているような声でいった。「しかし、なぜこんな、どこからも遠く離れた場所に?」

衛星電話から、クラインの声が説明した。

「六カ月前、中国の天宮一号・宇宙ステーションが、ブラジル上空の大気圏内で分解したの。その破片が、そこから大西洋にかけての一帯に降りそそいだのよ。わたしたちは……ああ、これは、アメリカは、ということだけれど……中国が天宮一号の中で、アンドロメダ因子に関するなんらかの実験を行なっていたのではないかと推測しているわ」

この話を持ちだされることを、ウー少佐はすでに予期していたらしい。今回、軍人としてではなく、科学者として参加している彼女は、全員から視線を向けられるなか、まったくの無表情をたもっている。すこしの間《ま》ののち、クラインの責めるような口調には気づいていないそぶりで、少佐はあらかじめ用意していたことばを口にした。

「当然ながら、自分はこの件に関する公式の知識を持ってはいない。しかし、微小重力環境下でアンドロメダを研究する国際的な試みが他国でも数多く行なわれていることに照らせば、あれは前代未聞の事態とはいえないだろう」

ヴェーダラは薄く笑ってうなずいた。ウーがほのめかした〝試み〟は、ISSに接続された〈ワイルドファイア〉実験棟モジュールのことだろう。しかしウーは、落下した中国宇宙ステーションから漏れた試料が密林汚染の原因である疑いについて、とにもかくにも可能性だけは認めようとしている。

「特異体がどのような経緯で出現したかはさておき、わたしたちが直面しているのは、アンドロメダと一致する化学構造を持った巨大構造物が、この密林のまっただなかで成長しているという現実よ。わたしたちの目的は、隔離地域に入って、あれがもっと大きくならないうちに正体をつきとめることにあるの。前回のワイルドファイア計画のおかげで、わたしたちの知識は、ピードモントで実態解明に取り組んだ科学者たちよりも飛躍的に豊富になっているわ。用意してきた防毒マスクと反応抑制スプレーがあれば、身を護れるでしょう。有毒物質検知センサーは常時稼動させていくことだしね」

「連邦政府が脊髄《せきずい》反射で核を投入していないのは意外だね」

ストーンがいった。ジョークのつもりだったようだ。

だが、ヴェーダラは眉をひそめた。

「そしてまた世界大戦を招くの？　ここは合衆国ではないのよ、ストーン博士。今回の汚染は、わたしたちの裏庭に現われたわけではないわ。そこまで運がよくはなかったと――」

ストーンの顔色が変わった。むっとした顔で顔を赤く染め、視線をそらす。さすがにヴェーダラも、自分がはなはだ配慮を欠いたことばを口にしてしまったことに気がついた。

「もちろん、ピードモントで起きたから〝運がよかった〟というつもりはないけれど……ここは地球でもっとも環境的に微妙な場所のひとつ。わたしたちにとれる選択肢はかぎられているの。わたしたちがいまいる場所は先住民保護区で、ここはブラジルの法律により、未接触部族に接触してはならないことになっているのよ。くわしい説明はハラルドにたのみましょう」

「彼女のいうとおりだ」ハラルド・オディアンボが一同に説明した。「ここは〈先住民の地《テーハ・インディージェナ》〉

だからね。ここに住んでいる先住民は、外界から隔絶されたまま、おおむね前石器時代レベルの技術のみで、きわめて快適に生活している」

ハラルドは長い両腕を広げ、周囲の樹々全体を指し示してみせた。

「われわれが立っている場所は〝地球の肺〟だ。ここに育つ樹木種は地中に広く浅く根を張って、ほぼすべての物質が床岩にとどくのを防いでいる。ここに何千年も住んできた部族の者たちは、石器を開発する機会に触れたことがない。石がないからさ。彼らが使う道具は、矢尻ひとつとっても、竹を削りだした完全生物分解性のものだ。だからこそ、とどまることを知らないテクノロジーの進歩と無縁でいられるんだよ」

「まるで進歩が悪いような言いぐさだが」ウー少佐が静かな声でいった。

「悪くはないとも……ただし、進歩の産物であるわれわれと接触するとなると、話はちがってくる。高次のテクノロジーと接触したとたん、ここの部族は食いものにされるか、殺されるか、奴隷にされてしまうだろう。最良のシナリオでも、彼らはわれわれのテクノロジーをほしがる——とりわけ、鋼鉄と銃をね。そして、それを手にした結果、従来の伝統的な生きかたを忘れ去り、自分たちには作れない道具に依存してしまう。いかなる接触も、それが善意によるものであれ、悪意を秘めたものであれ、彼らを滅びに向かわせてしまうんだ。外界の人間は、彼らの生命を奪うか、彼らの生きかたを奪うか、どちらかの結果しかもたらさない」

オディアンボは沈鬱《ちんうつ》な表情で語をついだ。

「われわれがこの密林にいること自体、未接触部族にとっては大きな危険になっている。同じことは、歴史的に見ても、アフリカ、オーストラリア、アメリカと、どの大陸でも起こってきた。そしてつねに、終局は滅びにいたる」

「そういうわけで、先住民とはいっさい接触できないの」ヴェーダラがそういって、護衛でもあり、ポーターでもある地元民たちを指さした。地元民は林縁《りんえん》に集まって待機している。「あそこにいるのは、わたしたちのガイド。未接触先住民から大きく離れたコースを案内するのが彼らの役目よ」

軍服を着た十二人の男は、空き地を取りかこむ林縁の木陰に集まり、立ったりしゃがんだり、静かな声で話しあったりしていた。遠目には一見、兵士のようにも見える。迷彩服を着て、腰に山刀《マシェッテ》を吊り、肩にはさりげなくショットガンのストラップをかけているからだ。

だが、ストーンが目をこらしてよく見ると、ガイドたちはみな接触ずみの先住民であることがわかった。真新しい軍服とは対照的に、耳たぶには伝統的な二枚貝の耳飾りをつけ、鼻にはジャガーのひげのように、極細の竹ひごを何本も突き通していたからである。ほとんどの男は、頬の上のほうに刺青《いれずみ》で青い線を描き、黒い剛毛を半球形のボウル・カットにしている。

「あれはインディオではないのか？」ウー少佐がたずねた。

「辺境部族のマチース族よ」答えたのはヴェーダラだった。「この地域のことにくわしいの。四十年前までは彼らも未接触部族だったそう」

ヴェーダラはそこで、ひとりの大柄な男にあごをしゃくった。汗じみのできた緑のシャツを、軍服のズボンにきちんとたくしこんでいる。ほかの者たちとちがい、この男だけは白人で、胸にストラップでハイテク戦闘小銃《バトル・ライフル》を固定していた。ライフルには使いこんだ跡があり、附属品市場で入手したとおぼしきアタッチメントをごてごてと取りつけてある。

「そして彼らこそは、説明事項その二でもあるの」ヴェーダラは説明をつづけた。「ガイドたちに引き合わせましょう」

それが合図ででもあったかのように、白人のガイドが立ちあがった。筋骨隆々の腕を悠然とふりながら、大股でこちらに歩いてくる。あごひげをたくわえたこの白人は、ブラジル系アメリカ人とのことだった。男は途中、くわえていた楊子をぷっと吐きだし、ポルトガル語なまりのきつい英語で怒鳴るように話しかけてきた。

「傾注だ、センセイがた。おれは合衆国陸軍特殊部隊軍曹、エドゥアルド・ブリンク。当地へはスターン空軍大将より、諸君を丁重にお守《も》りするようにとの指示を受けて参上した。とはいえ、ここはアマゾンの奥地だからな。この密林はあんたらの身元を斟酌《しんしゃく》してはくれない。知性を尊重してはくれない。センセイがたのテクノロジーはいうにおよばずだ。あんたらがくる前から、ここはここであり、あんたらが帰ったあとも、ここはここでありつづける」

「生きて帰れればな」とストーンがつぶやいた。

ブリンク軍曹は、ロボット工学者にじろりと冷たい一瞥《いちべつ》を投げてから、語をついだ。

「センセイがたはすでに、剽悍な先住民《インジョス・ブラーヴォス》——猛々しいブラジルのインディオの土地に入っている。けっして軽はずみな行動をとらないようにな。あんたがたは歓迎されない。おれがFUNAIに配属されていてあんたがたといっしょにいってやれることは、あんたがたにしてみれば、このうえない幸運だ。

指定された目的地には、四十八時間後までに到着することになっている。それまでに現地へ到達できなければ、司令部はわれわれが行動中に全滅したものと見なし、ほかのプランに移行する。おれの役目は、あんたたちを時間どおりに現地まで護送することだ……生きたままな」

ブリンクはここで、ストーンに歩みより、ぐっと声を低めた。

「それから、ひとつはっきりさせておこうか、アミーゴ。おれがいないとな、あんた、かならず、この密林で死ぬぞ」

科学者の一団が不安の眼差しを交わしあうのを見て、グリーンベレーの軍曹は満足したらしい。くるりと背を向け、地元民のガイド兼護衛たちに早口の指示を出しはじめた。ガイドたちがタバコを放りだして立ちあがりだす。なかには、編んだ背負いひもを額にかけ、それで背中に荷物をかつぎ、支えていく者たちもいる。これは両手をいつでも使えるようにしておくためだそうだ。ほかの何人かは、無言で樹々の間に入っていった。山刀《マシェッテ》が空気を切り裂き、枝葉を打つ音が聞こえはじめる。密生した下生えの壁を払って、新たな道を作っているのだ。ブリンクは科学者たちに向きなおり、シャツのポケットから楊子を取りだして歯にくわえ、その歯を大きく見せたまま、剣呑《けんのん》な笑みを浮かべてみせた。

「おれに好意を持ってもらわなくてもけっこうだ、センセイがた。しかし、ここではおれにしたがってもらう。自分たちだけで行動するはめになって、こんなところでのたれ死ぬのはいやだろうからな」

9 目録

一時間前、アマゾンの密林奥地に出発したワイルドファイア・フィールド・チームは、限定された補給期間において、可能なかぎり良好な装備を支給された。以下にかかげる目録の抜粋は、当時のものそのままではあるが、にもかかわらず、その内容は示唆に富む。かつて機密あつかいだった名簿の完全版は、国立公文書館に保存されている。

*****承認済標準仕様携行品目録――チーム全体の装備分*****

海兵隊密林戦闘訓練センター（在沖縄）で決定された熱帯用装備は以下のとおり。すべての機材はウムリンディ全天候型バックパック、タラフマラ大型ポーチ、胸部装着型の重偵察用具ポーチに収納された。衣類：標準仕様民間人向け密林行動服、海兵隊承認仕様ブーツ、メリノ毛糸混紡靴下×４、戦術防風シャツ、レインギア。用具および用具ロール：山刀、ホイッスル、コンパス、フラッシュライト、ファイヤースターター、マルチツール、多目的調理器具、革手袋、携帯シャベル。睡眠用具：ハンモック（蚊帳・雨よけ付き）、登山用ポンチョ、細引。

地元民ガイドが携行する装備は、サバイバル・キット／調理キット／救急キット／武器一式。

承認済特殊携行品目録

ニディ・ヴェーダラ、医学博士
　セルロース系アンドロメダ反応抑制スプレー、５キログラム。当該人物が自己のワイルドファイア研究に基づき、インド工科大学（ＩＩＴ）デリー校の協力のもとに開発したもの（これは合衆国最高機密およびインド共和国ＩＩＴ法によって保護されている）。ラテックス成分は含まれない。抑制剤はアンドロメダのナノ構造を模倣し、その効用は既知の微粒子２種（AS-1、AS-2）から見えなくすることにある。多重に重なりあう積層酵素は自己浄化機能を持ち、噴霧対象の表面に液体や塵等を付着させない低粘度の被膜を形成する。完全に不活性のため微粒子には反応せず、再噴霧の必要はほぼない。

ハラルド・オディアンボ、博士
　ドリル付き自己埋設型地震センサー（使い捨て）16台。無線ローカル・ネットワーク接続でＡＩによる制御可能。これは森林火災の移動、地質活動、犯罪者による密猟と違法採取の監視を目的とし、ケニア政府の研究補助金KIR-2300Bを受けて開発された。パターン認識およびノイズ・キャンセル用に組みこまれた機械学習能力により、同センサーは対象の表面および表面下の状況を精細に把握できる。他の特殊装備：ポータブル可聴下音探知機、土壌水分センサー、ポータブル丸鋸。

ポン・ウー、人民解放軍少佐
　中国製〈ダイクロン＝ワー〉ポータブル・フィールド科学＆工学分析キット（同梱可能な光学顕微鏡を含む）：マススペクトル分析機、気体・液体クロマトグラフ、ｐＨ測定器、屈折計。微量遠心機、ワイヤレス・データ記録・バックアップ装置、衛星アップロード装置、組みこみセンサー兼オートサンプラー27台、試料の試験と機器基準化用の自動センサー（これらは多数の分野にまたがってフィールド実験を行なうのに適する）。

ジェイムズ・ストーン、博士
　手の平サイズの自動充電式〈カナリア〉型ドローン12機。ポータブル充電ベースはバックパックに組みこみ済。各ドローンは五軸ジャイロセンサーを内蔵し、プロペラは4基、相互に交換可能な融通性の高いパーツ各種を使用している。各種内蔵センサーは以下のとおり：小型レーザー距離計（ミリメートル未満にいたるまで正確に測れる）、低解像度と高解像度のカメラ、ジャイロスコープ利用の慣性計測ユニット、有毒物質検知用環境センサー群（AS-1とAS-2の検知も可能で、このセンサーは検知結果を総合し、リアルタイムで分布状況を可視化できる）、障害物回避センサー、三次元誘導装置。これ以上の装備を携行する余地はない。

エドゥアルド・ブリンク、合衆国陸軍軍曹
＜大統領承認済の秘密令3028号に基づく合衆国政府の指示により削除＞

第2日

ワイルドファイア

災厄の時においては……個人個人の人となりは意味をなさない。人が行なうほぼすべての行為は、事態を悪化させるだけである。

――マイクル・クライトン

10　夜明けの発見

密林で人間らしく過ごせるであろう最初で最後の晩に、四人の科学者と十二人の護衛兼ガイドからなる集団は、名もない川のほとりでとくに問題もなく夜営し、蚊帳《かや》カバーつきのハンモックで眠ることができた。

森の中を進んだのはわずか六時間、移動できた距離は十五キロ程度だというのに、一行は早くも疲れきっていた。

ブリンク軍曹の公式日誌にも、ニディ・ヴェーダラが毎朝つけていた現状記録にも、当夜に問題があったとはいっさい記されていない。

だが、夜のうちになにかが起こったらしい。

ジェイムズ・ストーンが個人的につけていたフィールド日誌を見ると（事件後に回収された日誌は、潔いほどローテクの耐水ノートにペンで手書きされたものだった）、ひとつ目を引く段落がある。

〝断続的に眠る。いつもの夢で目覚めた。暗闇の中、人影を見た気がしたが、確信はない。マチース族のガイドたちは怯えているようだ。見張りたちが林縁でなにか探しているのに気づいた。なにごとかとたずねたが、返事はなかった〟

今回の事件を生き延びたマチース族のガイドたちは、全員、〈先住民の地《テーハ・インディージェナ》〉の奥地にある、ブラジル国立先住民保護財団《FUNAI》に保護された部族の村や川の浅瀬に帰っていった。彼らについては、以後の消息は不明だが、ただひとり、イシェーマというガイドだけは、その所在がつきとめられた。コロンビアのアマゾン河に面する港湾都市レティシアのカジノで、この旅で得た報酬を一日ですってしまったため、最初に接触された場所に舞いもどり、新たな仕事を探していたところを発見されたのだ。それなりの額と引き替えに、イシェーマはこの旅の情報を提供することに同意した。

最初の晩については、このひとこと以外、なかなかいおうとしなかった。

〝朝になったら、なにか変なことが起きていた〟

具体的になにが起こったのかを問いただしてみると、イシェーマはしぶしぶのていで、だれかが夜営地のまわりに足跡を残していったと語った。荷物のいくつかが動かされていたが、持ち去られたものはなかったという。

さらにいろいろ質問を重ねたところ、イシェーマはついに、ある詳細を白状した。

夜間に訪れたのが何者であれ、その何者かはあるものを夜営地に残していった。ブリンクの指示で、マチース族はそのなにかが科学者の目に触れないうちに、急いでかたづけた。イシェーマいわく――それは生皮を剝がれたサルの生首だった。ピンクの肉が露出した顔面では、大きくて丸い茶色の目が剝《む》きだしになり、歯を剝いたその表情は苦悶《くもん》のそれであったという。
そして、悲鳴をあげているかのごとく大きく開いたその口には――グレイの灰が詰まっていた。

11　三十キロ地点にて

　四人の科学者が目覚めたとき、早くもマチース族は自分たちの夜営用具の撤収をおえていた。くすぶっていたゆうべの焚火《たきび》跡にはすでに水がかけてあり、ガイドたちは無言で科学者たちの重い装備を分配しはじめている。だれにも声をかけぬまま、がっしりした体格の、顔に刺青をしたマチース族の辺境民がふたり、一列になって樹々の奥へ入っていった。それぞれ、肩にショットガンのストラップをかけている。陽光を浴びた山刀《マシェッテ》のきらめきは、たちまち密林の薄闇に呑まれて見えなくなった。

　ふたりが森に分け入るのを見送ってから、ヴェーダラはブリンク軍曹に歩みよった。軍曹はほかのガイドやポーターたちといっしょに立っている。

「あのふたり、どこへ？」

「特異体の方角へ向かった。二十分したらあとを追う。チームのみんなに荷物をまとめて、出発の準備をするよう伝えてくれ」

それを受けて、ヴェーダラはブリンクに手招きをし、密林の地面のすべりやすい泥の上に寝かせておいた防水ハードケースのところへ歩いていった。不安は大きくなるいっぽうだった。チームは特異体に近づいてはいる。だが、行く手にどれほど深刻な危機が待ち受けているかはわからない。唯一の望みは、彼女が開発した反応抑制スプレーが、実践でも理論どおりの働きをしてくれることにあった。

不安を振り払い、ハードケースを開いて、数本のスプレー缶を取りだす。一本はブリンクにわたし、一本は自分の腕、胴体、脚にまんべんなくスプレーした。そうしながら、ブリンクに効用を説明した。

「この抑制剤は、あらゆる表面をアンドロメダ・ナノ構造が付着しないように防いでくれるの。服と露出した肌にスプレーしてちょうだい。ガイドたちにもおねがい。日焼けどめと思えばいいといっておいて。二、三日は効果が持続するはずよ」

そこで目をつむり、息をとめ、自分の顔にもスプレーをかけた。ブリンクはなにもいわず、ガイドたちのもとへ引き返していった。ブリンクが立ち去ると、ヴェーダラは目をあけ、政府支給のイリジウム衛星電話を取りだした。

あまり音を立てずに、ピーターソン空軍基地のスターン将軍を呼びだそうと試みる。

だが、頭上で緊密に重なりあう樹々の天蓋にはばまれて、気むずかしい衛星電話には一本のアンテナバーも立たなかった。バッテリーがもったいないので、接続は即座にあきらめた。天蓋の切れ目に遭遇するまで、もう通信は無理だろう。つぎに切れ目に遭遇するのは、特異体周辺の空き地に到達してからとなる可能性が高い。

現地到着予定時間は、依然として翌日の正午のままに設定されている。そのときまではなにがあっても、チームは自力で切りぬけるしかないだろう。

先行するふたりのガイドは、枝払いをして通りやすい道を作ってくれていた。ただ、道の両脇から若枝や枝が鋭い角度で突きだしており、それが道からさまよい出た者を貫こうと待ちかまえる槍先のように見える。ほどなく、ブリンク軍曹とマチース族の何人かが一列縦隊で出発した。そのあとから科学者チームもつづいた。科学者たちの安全確保のため、前にはガイド、うしろにはポーターが数人ずつついている。

この日の行軍も、ほぼなにごともなく進んだ。

〈アブートレ＝ヘイ〉ドローンが収集した詳細な地形図という武器を手に、ブリンクとガイドたちは、険しい丘があれば迂回《うかい》し、急斜面を回避していった。いくつもある支流も、浅瀬の場所はわかっている。巨木が倒れて天然の橋になっているところもあり、そこを選んで渡ることもあった。

そのおかげで、曲がりくねった道ながら、チームはかなりのハイペースで進むことができた。

もっとも、複雑な密林の環境は、科学者たちにとってつらいものだった。ポン・ウーとニディ・ヴェーダラは、ひとことも口をきかず、眉間《みけん》に縦じわを刻んで歩いていく。ふたりのあとにつづくジェイムズ・ストーンは汗みずくで、いつも周囲に不安の目を走らせている。

ただ、ハラルド・オディアンボだけは、すっかりこの環境に馴じんでいるようで、マチース族のガイドたちと低い声でジョークを言いあい、笑う余裕を見せていた。下生えを踏む泥まみれのブーツは、そうとう履き古したものらしい。ブーツの上に覗くのは白いチューブソックスで、その上にはカーキ色の丈夫な半ズボンを穿《は》いている。

ケニアの科学者がなによりも楽しくてしかたがないのは、新しくてエキゾチックな問題に自分の知性という歯を立てることだった。そしてここには、前代未聞の、興味をかきたててやまない問題がある。長年のあいだ、広い分野にまたがって研究してきたオディアンボは、残りの研究生活を地球外の地質学に捧げてきた。そこへ降って湧いたのがこの特異体だ。まったく異質なその構造《アーキテクチャー》は、深い恐怖をいだかせるとともに、好奇心をもかきたてた。いまのオディアンボは、ふたたび子供のころにもどり、父親のいまにも壊れそうな釣り船に乗せてもらったときにも似たスリルをおぼえている。あれはぞくぞくする経験だった——けっして安全ではなかったが。

いっぽうストーンは、オディアンボよりも慎重に歩を運んでいた。背負っている金属フレームの大型バックパックには、十二機の小さくうなりを立てて飛ぶ〈カナリア〉ドローンが出入りしている。当面、各ミニドローンを飛ばすのは、前方三十メートルの範囲までに絞っていた。飛びたった各ドローンは、定期的にもどってきては、バックパック内外の充電止まり木《パーチ》に自動的に接続し、バッテリーに急速充電を行なう。その姿はまるで、蜂が羽音を立ててしきりに出入りする蜂の巣を背負った男のようだった。

マチース族のガイドたちは、鳥を思わせる機械に興味津々《しんしん》で、周囲を飛ぶドローンを指さしたり、部族独特の、奇妙だがリアルな鳥寄せの声をあげたりしている。

敏捷に飛びまわるドローンは手の平サイズで、四基のローターを備え、各種センサーを内蔵するほか、ＡＳ‐１およびＡＳ‐２の徴候を検知できる特製の化学センサー・パッケージをも搭載していた。有毒物質検知センサーによる空気スキャンは常時機能させている。ときおりドローンは、安定した表面にとまり、そのつど受動型の手作業効果器《エンド・エフェクター》で表面を掻きとってきた。これは分析用の試料にするためだ。

はるか頭上の樹々の天蓋が投げかけてくるまだらの影をぬって、ドローンたちは幻影のハミングバードのように、一行に先行し、円錐形のパターンを描きつつ、人間の目の位置よりもやや上の高さを飛びつづけている。

ストーンの胸にストラップで吊ってあるのは、薄いタブレット・コンピュータだ。そこに映っているのは、ドローンが作成した大雑把《おおざっぱ》な周辺地図だった。高低差がわかるようになっているだけでなく、移動する各ドローンの位置も刻々と表示され、大型の物体は直径に応じた大きさでドット表示がなされる。画面の片隅には、一機のドローンのカメラが送ってくる解像度の低いライブ映像が映されていた。情報はつぎからつぎへと表示されているが、画面をチェックするためにストーンが足をとめることはめったにない。鬱蒼《うっそう》たる密林の中、うっかり足をとめて、ほかの者たちを見失うのが怖いのである。

アマゾンの密林に慣れていない科学者たちは、ここの環境に閉所恐怖をおぼえずにはいられなかった。この地では、ごくせまい範囲に、圧倒的な密度で多様な生物種が集中している。一エーカーあたりに育つ植物種は、平均して何百種も存在していた。北アメリカの森では、同じ面積で目に見える植物種がせいぜい十種かそこらなので、圧倒されるのもむりはない。

まわりには巨木がそそりたち、大樹の基部から周囲へ伸びだした太い根は、絶滅した恐竜の腱を思わせる。すべての樹の表面には蔓《つる》植物がからみつき、草も根づいて、花を咲かせていた。そして密林には、おびただしい数の昆虫、鳥、動物がひしめいていた。咬《か》まれれば猛烈な痛みをもたらすアリは小さなハイウェイを作り、アリクイはアリを求めて下生えをあさり、コンゴウインコはネオンサインのように派手な色の翼をはばたかせて宙を飛んでいる。

あふれんばかりの多彩な植物と、足の下のスポンジのような土とは、あらゆる音を吸収しているように思える。フィールド・チームとしては、なるべく緊密に固まっていることが最優先事項だった。ほんの一メートル先の会話でさえ、くぐもったささやきになってしまう。科学者チームのだれひとりとして、ここで迷子になり、非常用ホイッスルを吹いて発見してもらうのを待つはめに陥りたいとは思っていない。

このときジェイムズ・ストーンは、密林の環境だけではなく、マチース族のガイドたちにも油断なく目を配りながら、疑念をいだきはじめていた。のちに回収されたフィールド日誌によれば、その疑念のひとつは、〝じつはチームがこの地に入る許可を得てはいないのではないか〟というものだった。ブラジル政府も含めて、関係当局には、この調査隊の目的はもちろんのこと、存在すら知らされていないのではあるまいか。

ゆえにストーンは、自分たちが失敗すれば、たんに〝密林で行方不明になった〟として処理されるだけのような気がしていた。

もっと重要なのは、フィールド・ガイドのリーダー、エドゥアルド・ブリンクのふるまいように対し、徐々に疑念がつのっていくことだった。父親の薫陶よろしきを得て、ストーンは異常なほど細部に気がつく。だから、ブリンクとマチース族たちが何度か集まっては、短時間ながら、声を低めて深刻なようすで話しあっていることにも気づいていた。会話は混成《ピジン》ポルトガル語や地元民の使うパーノ語で行なわれるので、なんといっているのかわからない。

しかし、科学者たちがいくらたずねても、ブリンクは会話の内容を明かそうとはしなかった。ある話しあいのとき、マチース族のひとりが道の窪《くぼ》みを指さした。ブリンクはすぐさま、密林用ブーツでその窪みを踏みにじった。何分かして、ストーンはそこを調べてみた。その土に残されていたのは、人間のむきだしのかかとが残した跡だった。別の機会には、道ぞいの何本かの枝が腰の高さのあたりで曲がっていることに気づいた。まるでだれかが、すでに密林のこの部分を通っていったかのようではないか。先頭をゆく例のふたりのガイドが、進みはじめて何時間もたってから急にそんなことをしだしたのでなければ……グループの者ではない人間が直前にここを通っていったことになる。

決定的だったのは、何時間も進んだときに見つけた、さらに不気味なしるしだった。伐り開かれた道を横切るようにして、一本の枝が置いてあったのだ。ささやかではあるが、そのメッセージは明白だった。

〝これ以上進むな〟だ。

ストーンが見るところ、どうやらチームは別のグループに見張られているらしい。いずれにせよ、ブリンクとガイドたちがなにかを隠していることはまちがいなかった。しかし、証拠がなくてはそれを指摘することもできない。

いまはまだ。

やがて、彼の疑念はあたっていたことが判明するのだが……じつはそれらは、この日の行軍中に明らかになったように、ストーンの数々の懸念の中でも、もっとも危険度が低いものでしかなかったのである。


「ヴェーダラ博士！　ほかのみんなも！　気になるものを見つけた！」ストーンの叫び声は、周囲をとりまく植物のカーテンに吸収され、力なく、不明瞭に響いた。「全員、そこでとまって。ぼくのところに集まってくれ。道からはずれないように」

一列になって進んでいた科学者たちは、たがいに声をかけあい、歩みをゆるめ、立ちどまった。それから、疲労がたまり、泥にまみれた脚を叱咤《しった》して、ストーンのそばに集まってきた。ロボット工学者は肩で息をしながら、首からストラップでかけた胸のタブレットをかかげ、その画面を一同に向けてみせた。ブリンク軍曹が樹の陰から現われ、そばに立って科学者たちのようすを見まもりだした。進みを中断したことで明らかにいらだっているが、なにもいおうとはしない。

タブレットの画面には、ドットで構成されたほぼ同サイズのマーカーが密林の中で点々と横に連なり、多少乱れてはいるものの、おおむねまっすぐな線を形成しているようすが映しだされていた。一行の前方、百メートルほどのあたりだ。どのマーカーも道と直接重なってはいないが、道と交差するようにして多数が連なっている。ストーンは画面を指先でスワイプし、〈カナリア〉ドローン群にもっと広い偵察パターンをとらせた。多数のマーカーが描く列がもうひとつ、画面の上のほうに現われた。こちらの列も、やや乱れた直線をなして道と交差している。両端は密林の奥に消えていた。

「ここを見てくれ」ストーンはいった。「どのマーカーもほぼ同じ大きさだ。マーカーが作る列は二本。どちらもぎざぎざの線を描いてならんでいる」

オディアンボがタブレットを見つめ、ごつい指先でマーカーが作る線をなぞった。画面の片隅にはサムネイル・サイズの映像ウィンドウが開いており、密林の地面に横たわった黒い塊を映している。オディアンボはいった。

「植物がこんなにまっすぐな線を描いて生えることはないな」

ストーンは画面を見つめた。さらに多数のマーカーが現われつつあった。

「まっすぐのようだが、よく見ると直線じゃない。わずかに湾曲している。この先に点々とならぶなにかが二本の同心円弧を描いているんだ」

そのとき——ずっと前方でショットガンの音が轟いた。

鈍い発砲音はすぐに、多雨林に呑まれて消えた。その後、密林はたちどころに、不自然なまでの静けさに包まれた。

「そこにいろ!」ブリンクが怒鳴り、単独で道を駆けだしていった。科学者チームは不安の眼差しを交わしあったのち、ゆっくりとブリンクのあとを追いかけた。ストーンは最後尾につき、タブレットの表示に目を光らせている。なによりも気をつけねばならないのは有毒物質アラートだ。やっとのことで、大きく枝を張ったカポックノキの、地上に露出した根の向こうのようすが見えた。ストーンはほかの科学者たちとともに立ちどまり——呆然として前方を見つめた。

行く手に見えているのは、例のマーカーの正体だった。黒い毛むくじゃらの塊と見えたもの。それはホエザルの死体だったのだ。死体は点々と列をなしていた。どの死体も目が濁っており、歯をくわっとむきだしにしている。ホエザルの列の向こうには、これも毛むくじゃらの、毛色がちがうサルの死体が連なっていた。あちらの体毛は赤みを帯びていて、細い。

しきりに毒づき、身ぶりを混じえながら、ブリンクが先行するふたりのマチース族ガイドに呼びかけた。ひとりはまだショットガンを構えている。激した口調で問い詰めるブリンクに向かって、その男が肩をすくめ、低い声で答えた。

「なにがあったの！」ヴェーダラが大声でたずねた。

すこし離れた前方から、ブリンクが大声で答えた。

「あれの一頭を、みじめな状態から解放してやったといってる」

「そう。では、ガイドたちをここに集めて。状況が完全に把握できるまで、わたしたちはここにとどまっているわ」

だが、ヴェーダラの指示にもかかわらず、ブリンクは手近の霊長類の死体をめざし、勝手に歩きだしていた。

「そばにいなさい、軍曹！」ヴェーダラは頑《かたくな》な口調で命じた。

いかつい軍曹はもう二、三歩進んだが——そこで思いなおし、歩みをとめ、マチース族に集まるよう手ぶりで指示を出すと、自分は科学者たちのそばに引き返してきて樹の幹にもたれかかった。胸からずんぐりしたバトル・ライフルをはずし、使い古したぼろ布で銃口をクリーニングしはじめる。

ヴェーダラは科学者たちに顔を向け、切迫した口調でいった。

「なにかがこの動物たちを殺した——それがなにかを調べなくてはならないわ。いますぐに」

ジェイムズ・ストーンが樹の根の上でしゃがみこんだ。目は首からかけたタブレットの画面にすえたままだ。そこですばやく画面をスワイプし、〈カナリア〉たちに死体の列を調べるよう指示した。しんと静まり返った密林に聞こえるのは、ドローンたちのローターが発するかすかなうなりだけだ。

ややあって、ストーンは一同に報告した。

「空気中に浮遊する有毒物質は検出されていない」

ヴェーダラは目を細めて影深い密林の奥を眺めやり、行く手にならんだサルの死体が作る〝地雷原〟を観察した。マチース族は仲間同士で寄り集まり、真剣な口調でなにごとかを話しあっている。死体に近づきそうなそぶりは見られない。ウーは早くも、ポーターから自分のポータブル・フィールド科学&工学分析キットを受けとって、泥に汚れたハードケースの中から分析機器を取りだしはじめていた。すでにもう、半分ほどがケース外に出ている。ウーはさらに、中国語が記されたパッケージを取りだしては、手早く真空パックを開封しだした。

興味津々の顔でサルの死体を見つめながら、オディアンボが考えを口にした。

「あそこに連なるホエザルは、同一種ではない。手前の列と向こうの列とは種がちがう」そこでふと、樹々の天蓋を見あげた。「落ちてきたんだ。樹上を移動中に。二列、きれいにならんで」

それから、身ぶりと混成《ピジン》ポルトガル語を用いて、マチース族のひとりと短くやりとりしてから、科学者たちに顔をもどした。

「彼がいうには、黒いサルのほうが赤いサルよりも動きが速い。だから、より遠くまで移動できたにちがいない。この状態は、サルたちが向かおうとしていた方向をも示している」

「つまり、なにかから逃げていたということね」ヴェーダラが結論をいった。

「サルの列が同心の円弧を描いているとすれば」付言したのはウーだった。「同じものから逃げていたということだろう。つまり、密林の一点から外へ」

「例の特異体からだろうか？」オディアンボが問いかけた。

「すぐにわかるさ」ストーンがいって、画面をタップした。「円弧の曲率《アール》がわかれば、中心点までの距離を割りだせる」

ストーンの指示を受けて、〈カナリア〉の群れはいっせいに空中高く舞いあがり、ちらちらと枝葉に見え隠れしながら、天蓋の下部すれすれを飛びまわりはじめた。二十メートルの高みから見おろすことで、サルたちの死体を現わすマーカー群は二重の大きな円弧を形成していることがはっきりした。

ストーンは親指と人差し指で画面をピンチアウトし、マップの表示範囲を広げた。マップの大半はブランクになっている。ひとつひとつの死体は、いまは黒いドットで表わされていた。ストーンは指先でドットとドットを結んでいき、最終的におおまかな円を描きだした。

円の中心にあるのは、一行の目的地だった。

「やはり、オディアンボ博士のいうとおりだったな」ストーンはいった。「サルたちは特異体から逃げてきたんだ」

いいながら、顔をあげ――ストーンはぎょっとした。ヴェーダラの頬が自分の頬に触れんばかりになっていたからである。ヴェーダラはすぐそばに身をかがめ、タブレットの画面を覗きこもうとしている。画面片隅の低解像度ライブ映像には、一頭の死んだサルの、人を小馬鹿にしたような顔が映っていた。だらりとたれた舌には、グレイの灰のようなものが条《すじ》状にこびりついている。

「これはいったい、なに?」ヴェーダラは映像を指さし、ストーンに顔を向けた。

そこで、ストーンと顔が触れんばかりになっていることに気づき、はっと身を遠ざけ――その拍子に根に足をひっかけて、転びそうになった。土ぼこりと汗の層の下で、ヴェーダラの頬がほてっている。自分でも意外そうな表情になっていた。

「口の中になにかがあるわ」どぎまぎする気持ちを隠して、ヴェーダラはつづけた。「もっと早くに気づいてほしかったわね。これは病気の症状よ」

数メートル離れたところで地に両ひざをついていたウーが、ここでポータブル・フィールド分析キットのセットアップを完了し、ヴェーダラにいった。

「その灰のようなものがなにかは教えてやれると思う。しかし、試料がいる」

科学者たちは顔を見交わした。マチース族のガイドたちでさえ、どの科学者が志願するのかと、興味をそそられたようすで見つめている。

「わたしがやるわ」ヴェーダラがいった。

そして、腰につけた大型ポーチに手を突っこむと、顔の下半分をおおう防毒マスクを取りだした。顔にぴったりフィットする形に成型されたマスクを、鼻と口の上からあてがう。色はダークブルーで、なめらかな材質でできており、円筒形をした黒いフィルターが一本ずつ、両サイドに突きだしていた。ヴェーダラは両手に紫色をした非ラテックスの研究用手袋をはめ、ウーから試料採取キットを受けとった。それから、思いきりよく、いちばん近い死体に向かって歩きだした。

「待ってくれ」ストーンは彼女を呼びとめ、自分も防毒マスクを取りだした。「ぼくもいく」


十二機の〈カナリヤ〉ドローンの雲に包まれて、ふたりは影の深い下生えのあいだを進んでいった。フィールド・チームのほかの者たちは、密林の奥へ進むふたりの後ろ姿を無言で見送っている。

二日めはすでに、半分ちかくが過ぎていた。

さいわい、試料採取の手順は簡単で、とくにやっかいなことは起きずにすんだ。もっと重要だったのは、ニディ・ヴェーダラとジェイムズ・ストーンが一時的にふたりきりになり、そのさい、両者のあいだになんらかのやりとりがあったことである。だが、その内容についてはわかっていない。

死体からもどってきたヴェーダラは、試料の袋をウーに差しだすと、エドゥアルド・ブリンク軍曹に向きなおり、単刀直入に、〝わたしのチームに差し迫った危険を感じるか〟とたずねた。ジェイムズ・ストーンに鋼《はがね》の視線を向けたまま、軍曹はたくましい腕を組んで、〝このチームがさらされている危険は、密林に到着したとき以上でも以下でもない〟と答えた。

険しい顔のまま、ブリンクは最後にこう付言した。

「ここでおれに対処できないことはない。おれを信じろ。ありとあらゆる事態について対処法を指示されている」

これはのちに、額面以上の含みがある発言だったことが判明する。

この間《かん》に、ポン・ウーは数本の試験管をポータブル分析キットの真空吸入口にセットしおえていた。各試験管の中身が分析キットに吸いこまれていく。試料はいったん、ダイヤモンド・ヘッドのインパクト・ハンマーによって粉砕され、分析用途に応じて、さまざまなコンパートメントに送られる仕組みだ。

小型で目的に特化したこのハードウェアを使うことで、ウーは何十種もの試験を行なうことができる。第一次アンドロメダ事件を生き延びた科学者たちによって得られた知見も、この場合、おおいに役にたった。

最初にマススペクトル分析を行ない、グレイの灰の化学的特徴がアンドロメダの〈〈アブートレ＝ヘイ〉ドローンが搭載するセンサーで確認された〉特徴と一致するかどうかたしかめようとした。さらに、クロマトグラフィーでも粒子サイズの分析を行なった。だが、試料の組成がＡＳ－１とＡＳ－２の組成と完全に一致するのかどうかは確認できなかった。このような場合には、もっと高度な（それもポータブル機器では不可能な）分析手段にかける必要がある。たとえば、Ｘ線結晶構造解析などである。

それでも、試料を分離しながら、ウーは分析を継続した。

つぎに行なったのは、刺激を与えて増殖させる試みである。試料を真空中、二酸化炭素中、紫外線下など、多様な環境のもとにおき、反応する可能性が高いさまざまな物質の——たとえば、布、上覆組織（つまり皮膚）、ヴェーダラの抑制剤をスプレーした表面などの——サンプルに付着させてみたのだ。

試料はたいていの物質に反応しなかったが——ふたつだけ例外があった。血液とゴム《ラテックス》である。そしてどちらのケースでも、微粒子はどんな環境であろうと関係なく、猛烈な勢いで増殖した。最後にウーは、血液とラテックスに反応した試料について、光学顕微鏡による（このキットのレベルでは限界があるが）観察を行なった。その結果は困惑させられるものだった。試料とじかに接触すると、血液が猛烈な速さで凝固したからだ。しかも、ラテックスはラテックスで、みるみる塵のような物質に分解してしまう。前者はＡＳ－１に、後者はＡＳ－２に特有のパターンであり、これではいままでの知見と整合しない。

ウーの眉間に縦じわを刻ませたのは、そのあとに起こったことだった。

血液とラテックスに触れるや、微粒子は自己複製し——目に見えて体積が増えたのである。フイールドでは科学的なリソースが限られているため、これ以上の細部を観察することはできない。ただ、結果から推測したウーの判断では、この試料は交差汚染していて、あまり信用できない恐れがあった。

ともあれ、この段階でようやく、ほかの科学者たちに報告できる情報が出そろった。

「舌から採取されたグレイの物質は、アンドロメダ検査に対して陽性を示した」とウーはいった。「ただし、AS‐1かAS‐2かは特定できない。分析結果は混沌《こんとん》としている。試料が汚染されていた可能性が高い」

「それはそれとして、わかったことは?」ヴェーダラがたずねた。

ウーはことばを選んで報告した。

「この試料は接触した血液を凝固させると思われる——AS‐1と同じように。そのいっぽうで、重合体《ポリマー》でできた材質を部分的に解重合する——AS‐2と同じように。そして……接触した材質を燃料に使い、自己複製を行なうらしい」

ニディ・ヴェーダラは吐息をついた。

「すると、すくなくともあの霊長類が感染していたことはたしかなのね。問題は——どちらのアンドロメダかということよ」

「推測できない。完全な分析設備がなくては」

ここでオディアンボが、深く響く、落ちついた声で口をはさんだ。

「ここから特異体までは、途切れることなく樹々の天蓋が広がっている。あのサルたちのなかに幼体はいない。幼体はあとに取り残されてきたんだろう。ホエザルは、ここのように樹々の天蓋が密生している場所では、時速約五十キロ以上で枝渡りできる」

「そして、ここから特異体までは、三十キロ足らず……」オディアンボのいいたいことを察して、ヴェーダラがあとを受けた。「最高速度で移動してきたとすれば、このサルたちは感染してから、四十分——すくなく見積もっても、三十分少々は生きていられたことになるわね」

「その点はピードモント事件と一致する」ストーンがいった。「犠牲者のなかには、即座に血液凝固を起こして亡くなった人もいたが、なかには……もっと長く生き延びた人もいた。最後のメッセージを書きつけて、街路にさまよい出て、命を断つほどには長く。しかし、一時間以上生き延びられた人間はいなかった」

「赤ん坊ひとりと老人ひとりを除けば、でしょう」ヴェーダラが補足した。「そのふたり、どちらも血液ｐＨ《ペーハー》がふつうとはちがっていて、それで感染せずにすんだのだったわね」

「まあ、そうだ」ストーンがすこしつらそうに答えた。

「この結果は、〈ワイルドファイア〉モジュールのクラインに送ったほうがいい」ウーがいった。「生きているアンドロメダと比較することで、われわれが直面しているのがＡＳ‐１かＡＳ‐２なのかがわかる。そこをはっきりさせないことには、話がはじまらない」

「むりだな」口をはさんだのはブリンクだった。しゃがみこむ四人の科学者を見おろして立った軍曹は、意味ありげに密林の天蓋をぐるりと見まわしてから、語をついだ。「それより、目的地へ進むのが最優先だ。時間内に到着する必要がある。だいいち、この一帯は樹冠で完全におおわれていて、衛星と通信できる隙間はどこにもない。したがって、無線連絡をとる方法はない」

「それはちょっとちがうぞ」ストーンがいった。

ブリンクにぎろりとにらまれながらも、ジェイムズ・ストーンは立ちあがった。手に持っているのはディナープレート・サイズのドローンだ。

「そいつはいったい、なんだ？」ブリンクがきいた。

ストーンは肩をすくめ、ばつの悪そうな笑みを浮かべて、問いに答えた。

「〈ファントムアイ〉——ぼくの隠し球だよ。徹底的にカスタマイズしてある。手まわり品として、着替えの替わりに持ってきた」

ブリンクはストーンを見下すように鼻を鳴らし、顔をそむけた。

ほどなく、炭素繊維《カーボン・ファイバー》製ボディのドローンが、枝と蔓の迷宮をぬって、ゆっくりと樹冠へ上昇していった。ドローンの下部には、釣り糸を思わせる細い導線がたれている。うなりをあげるドローンは、じきに樹冠のわずかな隙間を通りぬけ、強烈な陽光に照りつけられた熱帯雨林の大樹海を見おろす、〝異星からの訪問者〟となった。

ヴェーダラが衛星電話を取りだし、国際宇宙ステーションの直通番号をたたく。

衛星へのアップリンクは一瞬で確立され、広大な緑の大樹海から頭上の黒い虚空に向けて、目に見えないデータの奔流が勢いよく送りだされていった。

12　高度な分析

アマゾンの密林から数百キロ上空の、国際宇宙ステーション《ISS》の一画で、濃い影の中、いっさい音を発することなく、人の姿をしたシルエットがじっとたたずんでいた。と、微小重力のもとで、その人形《ひとがた》のものがゆっくりと動きだした。人の体形を模した外殻の曲面では、いくつかの状況表示ランプが赤く明滅している。陽極酸化処理で金色を帯びたアルミニウムの外殻は、徹底的に研磨されてつややかに輝いており、なによりも衛生状態が完璧だ。じっさい、その表面には人間の手が触れたことがない。

実験型ロボット宇宙飛行士《ロボノート》R３A４は、前任のロボットにより、このモジュール内で組みたてられたものである。密封されたこの空間から外へ出たことはない。そして、人間の宇宙飛行士のように交替されることもないままに、〈ワイルドファイア・マークⅣ〉実験棟モジュールに詰める唯一の常駐者となっている。

人間の手には触れられたことがないが、しかしこのロボノートは、しばしば人間の思考には触れられてきた。

ひとつ、またひとつと、円筒形をした実験棟モジュール内部で、白いランプがリング状に点灯していく。Ｒ３Ａ４の胸郭上部にならぶ複数のＬＥＤランプが赤から緑に変化した。動作と認識との、繊細で複雑なシンフォニーを経て、ロボノートが起動したのだ。ロボットはまず、自分の両手を見おろし、驚くほど器用に指の一本一本を曲げ伸ばしした。ついで、密封キャビネットがならぶ壁の一面に顔を向けた。それぞれに別個の実験装置が収められ、積みあげられたキャビネット群は、明るく照明された飼育魚の水槽のようだ。

ジョンソン宇宙センターにあるＮＡＳＡの繊細挙動《デクスタラス》ロボット工学研究所において、たびたび各種補助金を受けて開発され、完成したＲ３Ａ４は、人間の宇宙飛行士《アストロノート》に準じた形状《フォーム・ファクター》を持つ。そこには、人間の肢体と一対一対応しているほうが、遠隔操作《テレオペレーション》する側が楽になるという理由があった。ただし、人間のオペレーターよりもＲ３Ａ４のほうが力が強く、動作も速く、知覚能力にもすぐれる。

なかでも、ＩＳＳのＲ３Ａ４はひときわ特殊な個体だった。

というのも、この〈ワイルドファイア・ロボノート〉は、ソフィー・クライン博士の使用を前提にして、特別にあつらえられたものだからである。クラインが子供のころから使ってきた脳《ブレイン》＝コンピュータ・インターフェイスは、ワイヤレス仕様に改良され、彼女のごくわずかなしぐさでもＲ３Ａ４に伝達されるようになっている。この終《つい》の棲家《すみか》に封じこめられたロボットは、細菌、塵、その他の外部の異物に汚染される心配がなく、〈ワイルドファイア〉実験棟モジュールの純枠で完全な清浄さを維持したまま、クラインの行ないたい実験を代行できる。

Ｒ３Ａ４はいま、その実験のひとつに着手した。

二十メートル離れた場所にある〈デスティニー〉実験棟モジュールでは、ソフィー・クラインが遠隔操作ワークステーションの前に浮かんでいる。着用しているのはスリムな仮想現実《ヴァーチュアル・リアリティ》ゴーグルと、各種コントローラーつきのグローブだ。これをつければ、機械の目を通して対象を見られるし、機械の手を通じて感触を得られる。いいかえれば、ロボノートの軀体《くたい》に苦もなく〝精神を宿せる〟ということである。このロボットは何年ものあいだ、クラインの肉体の拡張体として機能してきた。いわば、彼女自身の硬い金属でできた化身であり、クライン自身もロボットのからだに〝住む〟ことをひそかに楽しんでいる。

はるか下に広がるアマゾンの多雨林から通信が入ったのは、ついさきほどのことだった。ワイルドファイア・フィールド・チームが、死んだ霊長類のデータを大量に送信してきたのである。クラインは第二のボディに指示を出し、視覚の拡大率を最大にあげさせ、送られてくるデータをアンドロメダ因子ＡＳ‐１の生きた試料と比較した。この試料は、アリゾナ州ピードモントからじかに回収されたものである。

クラインとフィールド科学者たちの交信内容は、合衆国北方軍（ＮＯＲＴＨＣＯＭ）でモニターされていた。のちに回収された〈カナリア〉モジュールの音声記録とも照合されたその内容は、以下のとおりである。

地上・ヴェーダラ　クライン。データ送信が完了したわ。通信時間のリミットがせまっているの。こちらのドローンが通信可能圏にとどまっていられるのは、あと二分程度。

ISS・クライン　了解、ヴェーダラ。予備分析の結果、アンドロメダとの一致を確認。

地上・ヴェーダラ　こちらの結果とも一致するわね。問題は、AS‐1とAS‐2のどちらと一致するかということ。ピードモントの試料と比較できる？

ISS・クライン　待って。［十五秒経過］

ISS・クライン　これは……これは、AS‐1でもAS‐2でもないわ。新しいタイプに遭遇したようね。

地上・ヴェーダラ　［ノイズ］また進化したと？

ＩＳＳ・クライン　　これをＡＳ－３と呼びましょう。

地上・ヴェーダラ　　危険なものかしら。

ＩＳＳ・クライン　　危険ね。ただちにミッションを中止して、隔離地域の外へ出ることを推奨するわ。特異体もさらに成長して、制御不能になりつつあることだし。例の泥池から、また別の、未知の構造物が盛りあがろうとしているのよ。あなたのチームにできることはもうないわ。わかった？

地上・ヴェーダラ　　ホエザルの死体は大量にあるけれど、時間はあまりないの。そちらで見つけたのは、具体的に、どんな性質のもの？　抑制剤にも反応する？

ＩＳＳ・クライン　　抑制剤には反応しないけれど、送られてきた試料のデータは、旧来のアンドロメダ因子双方の、恐ろしい性質を示しているの。

地上・ヴェーダラ

それは想定ずみよ。調査は続行するわ。

ISS・クライン

ニディ、聞いて。最初のアンドロメダ因子は、生物と接触することで一気に活性化したのよ。その結果、ピードモントの住民たちを死なせて、AS‐2に進化した。このAS‐2は、宇宙飛行に不可欠のプラスティックを分解するもの。それはけっして偶然ではないわ。

地上・ヴェーダラ

アンドロメダが人類を地球の表面にとどめておくために変異したとでもいうの？　おもしろい説ではあるけれど、説得力はないわね。

ISS・クライン

今回の新しい進化を考えれば、説得力がなくはないわ。AS‐3はなんらかの理由があって出現した。その裏には、異種知性が関与しているかもしれない。最初の事件のときにも、そういった説が出ていたでしょう。わたしたちは未知の敵に直面しているんだわ。その敵は十万年の長きにわたって、太陽系の外から、おそらくはずっと遠くから、地球を攻撃する準備をしてきた……。これは戦争なのよ、ニディ。あなたたちはその最前線にいる。もういちどいうわ。特異体に近づいてはだめ。

［ノイズ］お説はじっくり検討させてもらうわ。通信終わり。

逃げて。必要なら命令を無視してもいい。とにかく、そこから――

［通信途絶］

地上・ヴェーダラ

ＩＳＳ・クライン

13　不完全な情報

　科学者たちのあいだには、痺《しび》れたような静寂がたれこめていた。肩を寄せあい、衛星電話の周囲に立つ四人の前で、クラインの最後のことばが途切れた直後のことである。ふいに、頭上から一陣の熱風が吹きつけてきた。陽光に照りつけられる密林の天蓋の上から、ドローン〈ファントムアイ〉が自動的に降下してきたのだ。

　最初に動いたのはヴェーダラだった。いつものようにきびきびした口調で、彼女はいった。

「防毒マスクをつけて。全員、制服と肌にもういちど抑制剤をスプレーしなおすこと。ただし、節約のため、軽めにね。ズボンはしっかりブーツにたくしこんで、手袋も着用するように。無用の危険は冒さないようにしなくては」

　それから、大きく吐息をつき、つけくわえた。

「五分後に出発しましょう」

「おいおい、レディ」ブリンクがいった。「いましがた、あんたの友だちが衛星からいったことを聞いて――」

「ブリンク」ヴェーダラはさえぎった。「ガイドたちに抑制剤をスプレーしなおすように伝えて。きちんと全身にスプレーするように、ちゃんと監督しておくのよ。チームのだれにも、あのホエザルみたいな死にざまを迎えさせたくはないから。五分後に出発します」

「だれがそんなことを決めた？」

ブリンクはヴェーダラの前で威圧的に立っている。胸にかけたずんぐりしたバトル・ライフルが、まるで〝！〟マークのようだ。

「わたしよ」とヴェーダラは答えた。正面から相対して立つ彼女の背丈は、ブリンクよりも頭ひとつぶん低いが、だからといって、気迫では一歩もひけをとっていない。「わたしの資格を説明する気はないけれどね、任務説明書を読んでいてちゃんと理解しているなら、よくわかっているはずよ……わたしにしたがわなかった場合、どんな結果が待っているかをね」

ブリンクは口もとをこわばらせ、じっと彼女を見おろしていた。その顔が怒りでゆっくりと赤く染まっていく。だが、ブリンクが切り返すひまもなく、だれかがヴェーダラの前腕をつかみ、そっと引きもどした。

「待て」

腕をつかんだのはウー少佐だった。口数のすくないウーの冷徹な声に、その場の全員が緊迫したやりとりから気をそらされ、ブリンクから彼女に視線を向けた。ウーはつづけた。

「この兵士のいうとおりだ。この件、よく議論しなくてはならない。全員でだ」

「議論の余地がどこにあるの？」ヴェーダラは疑念もあらわに、ウーをにらみつけた。「奥地にあるなにかは、人類の存亡にかかわるレベルの脅威なのよ。あれをくわしく分析する準備をととのえていて、拡散を防げる可能性があるのは、全地球の人間のうちでも、ここにいる四人のみ。当初から、この調査行が危険であることは承知していたはずでしょう」

「それはそのとおりだ」とウーは答えた。「しかし、もしもクラインのいうとおりだとしたら、これは自殺ミッションとなる。特異体は新たな悪性感染の中心だ。ゼロ地点《グラウンド・ゼロ》だ。遠隔地から調査したほうが成果があがるかもしれない。防衛線を張るんだ、クラインがいったように、隔離地域の外に出て」

ヴェーダラは鼻を鳴らし、バックパックのストラップを締めなおして、ウーに詰めよった。

「クラインは仮説を口にしただけよ。証拠がない以上、あれはたんなる仮説以上のものではないわ。わたしたちは科学者。わたしたちがするべきは、理解することでしょう。防衛線にとどまっていては、なにもわかりはしないわ」

ウーは冷たい目でヴェーダラを見返した。ブリンクはそんなふたりを、薄笑いを浮かべて見ている。

「ウー少佐のことばにも一理ある」横手から、深く響く声がいった。「とにかく、言い争いはやめようじゃないか。性急にことを運ぶのはやめて、ひとつ、じっくりと考えよう」

オディアンボはそういって、指をポキポキと鳴らすと、大きく深呼吸をした。鬱蒼とした緑の迷宮をすりぬけてくる陽光が、揺らぐ樹冠の動きに合わせ、頬とあごに生えたごま塩の不精ひげの上で踊っている。ほかの科学者たちはオディアンボを見まもり、冷静なケニア人が規則的に呼吸するのを眺めるうちに、自分たちの鼓動もゆっくりと落ちついてくるのをおぼえた。

独特の、厳格かつ秩序だったやりかたで、オディアンボは問題点を整理しはじめた。

「クライン博士のいったことが真実で、今回の特異体が攻撃だとすると、オリジナルのアンドロメダ因子は、何千年ものあいだ大気中にただよっていたことになる。おそらくは、何百万年も。知性を持った生物が地球に出現する以前から、その発展を阻害する罠《わな》として、悠久のむかしから仕掛けられていたのだとしたら、なんとも忍耐強いしろものじゃないか。ひとたび始動すれば、アンドロメダ因子は樹脂を分解するタイプに進化し、それは宇宙飛行に不可欠の合成樹脂を分解する。ゆえに、知性生物を惑星の外に出さず、地表に封じこめておくことができる。ここまでは正しいかな？」

たがいを見交わして、科学者たちはうなずいた。

「この仮説が正しいとしよう。ではどうやって、因子は、こ、の、地、球で待っていればいいと知ったんだろうかね？　知性生物が進化しそうな惑星はほかにもあるだろうに、よりによって、なぜこの地球に？」

「知っていたわけじゃないさ」ストーンがいった。「それが兵器だとして、その種の兵器が機能するのは、知性生物が進化しうるすべての候補地の――銀河系じゅうの大気を持つすべての惑星と衛星の――大気上層に、例の微粒子が蔓延《まんえん》している場合だ。ジョン・Ｒ・サミュエルズのメッセンジャー理論だよ。かつてアンドロメダ因子を解明するさい、父が最初に示した可能性のひとつがそれだった」

「くわしくおねがい」ヴェーダラがうながした。

「メッセンジャー理論は、知性生物が銀河系じゅうになにかを伝達するうえで、最良にして唯一可能と思われる通信手段として提案されたものでね。まず、自己複製する伝達因子を近隣の太陽系に送りこむ。因子はそこで原材料を調達して、自己の複製を造りだし、やがてその複製を他の太陽系に送りだす。こうしてつぎつぎに広がる因子は、指数関数的に増えていって、銀河系じゅうのありとあらゆる惑星を、わずか数千年のうちに覆いつくす。そして、それは……」

オディアンボがほほえみを浮かべてジェイムズ・ストーンを見やり、彼がいいよどんだことを補足した。

「異種知性の存在を示しているというわけだ。しかし、蔓延という点にはもう結論が出ている。アンドロメダがこの太陽系全体に増殖していることを示す証拠は見つかっていない。微粒子採取ミッションで太陽系各地から持ち帰られた試料で、陽性を示したものはひとつもなかった。そうだろう？」

のちに、科学者たちのまわりを飛びまわっていた〈カナリア〉ドローンたちによる記録映像が回収され、復元もされているが、その映像には、このときニディ・ヴェーダラが、ポン・ウーをじっと見つめるようすが映っている。ウーは意識して無表情をたもっていた。そして、オディアンボが考えを口にしおえると、密林の奥に顔を向けた。

「ぼくが見た範囲ではね」とストーンは答えた。

ここでポン・ウーが、口を開こうとするかのように息を吸ったが……元宇宙飛行士《タイコノート》は、結局、なにもいわず、吸った息を吐きだしただけだった。このとき彼女が沈黙をまもったのは、相反するふたつの務め――チームに対して果たすべき務めと、母国の秘密を守るべき務めとの板ばさみになっていたからだ。だが、ひとことひとことがチェスの駒の動きにも相当するこの局面において、いまはなにもしないというこの決断は、のちに手痛い形で当人に跳ね返ってくることになる。

本来ならウーは、このような決断をするべきではなかったのである。

大きな目で見れば、すべての人間は、出自はどうあれ、同じ家族の一員だ。(註5) 人類が自分たちのあいだに民族や地理に応じて引いた境界線は、錯覚の産物でしかない。人類が最終的にこの錯覚を捨てられれば、人間性という共通の遺伝基盤は、日々の暮らしで人々を悩ませている文化的軋轢《あつれき》を乗り越えられるかもしれない。

しかし、人類という種全体が脅威にさらされているいまこのとき、国家に対する忠誠心は、人類全体への義務に打ち克《か》った。だから、ポン・ウーは口をつぐんだ。

「そういうわけで、クラインの仮説が事実かどうかはたしかめようがない」オディアンボはつづけた。「アンドロメダ微粒子がこの惑星の大気中にのみ存在するのなら、それは地球に最初からあったなんらかの微粒子が自然に進化したものか、宇宙からランダムに降ってきたか、このどち

註5　現代の遺伝分散に基づけば、人類は太古の大災厄によって絶滅しかけ、その個体数はわずか六百人にまで減少したと推定される。この少数の集団が、のちのちの人類の祖先となり、何十億にも増えたのだ。

らかということになる。もしそうなら、メッセンジャー理論は適用できないし、地球外知性による悪意も関与しない。確認できている情報に基づくならば、われわれがきわめて危険な変異体に直面していることは確実だが、微粒子がみずからの意志を持っているとはいいがたかろう」

科学者たちのあいだからは、なにも反対意見が出なかった。だが、ブリンク軍曹は不満そうにのどの奥でうなり、もたれかかっていた樹を背中で押しやった。

「では、調査を続行するということで」ヴェーダラが一同の意見をたしかめた。「その線でいきましょう。いいわね、みんな?」

ひっそりとした密林の中に立つ一同は、無言でたがいの顔を見交わしあった。どの顔にも、納得したようすが表われはじめている。静寂を破ったのはブリンクだった。黙って背を向け、密林の奥へ進んでいき、山刀《マシェッテ》で空気を斬り裂いて、枝を払いだしたのだ。噴霧した抑制剤のスプレーにより、たくましい腕はオイルを塗ったような光沢をたたえており、それを振るってはシュールなきらめきを発しながら、そそりたつ樹々のあいだを密林の奥へと入りこんでいく。

「こい」ブリンクが呼びかけてきた。その声はすでに、密生した枝葉でくぐもっている。「すでに日中の行動時間をむだにしすぎた」

14　夜営二日め

行軍二日め、ワイルドファイア・フィールド・チームは、密林にくわしいマチース族のガイドたちに導かれ、死体が作るラインを通り越し、特異体を取りまく半径五十キロの隔離地域を奥へ奥へと進んでいった。地に落ちたサルたちの、心を乱れさせる光景と死のにおいから離れられるのは、むしろありがたいことだったろう。原初の多雨林の天蓋の下では、チームの者たちはさぞ心もとなかったにちがいない。なにしろ、上空の衛星や監視用航空機からは見えず、無線も通じないのだから。

現地での調査活動開始は翌日正午に予定されている。いまから十八時間後だ。いまのところ、チームはほぼ予定どおりに距離を稼げていた。

進みが順調なのは、ストーン博士が展開した〈カナリア〉ドローンのおかげもある。その主要な役割は、地形を探索し、前方数百メートル先の範囲まで環境有害物質を探知することにあった。ただし、〈カナリア〉群はずっと働きどおしだったため、旅のあいだ、この区間で交わされた個人間のやりとりについては、記録された映像がほとんどない。

したがって、この午後のできごとは、事件後に持たれた生存者たちとの会見、ストーン博士の日誌、〈ファントムアイ〉ドローンが搭載するセンサー・アレイに偶然に保存されていた情報のキャッシュ、これらの情報から再構成されたものとなる。

目的地から二十キロ弱に迫った時点でも、科学者たちはブリンク軍曹のあとにつづいていた。軍曹は山刀《マシェッテ》で曲がりくねった粗い道を切り開き、細い支流を越え、高低差の大きな丘を迂回して進んでいく。やっかいな地形と障害物だらけであることを考えれば、これ以上のハイペースは望めない。先行するガイドの足跡を、チームは一列になってたどっていった。伐《き》り開かれたばかりの道には枝葉が散らばり、それはそれで進みづらいが、おおぜいが踏みしめるうちに、密林の赤土が露出してすべりやすくなり、科学者たちはときに両手をついて進む必要にせまられた。

このハイペースは意図的なものである。ブリンクは一行が（マチース族からなる自分のチームも含めて）昼に遭遇した奇怪なできごと——つまりサルたちの怪死により、怯えていることに気づいていた。だから、膨れていく恐怖を振り払い、悪い結果をあれこれ考えて動揺するのを防ぐため、からだを酷使させるのがいちばんいいと本能的に感じていたのである。この直感は正しかった。それにこれは、軍隊では一般に用いられ、成功している手法でもある。

早いペースで進むことには、科学者たちが疑問を口にする回数がへるという効用もあった。息切れでろくにしゃべれないからだ。ブリンクとしては、あれこれと訊《き》かれるのがわずらわしくてしかたない。とりわけいらだたしいのが、執拗に質問をつづけるジェイムズ・ストーンだった。

〈カナリア〉の一機が遠くから撮影していたある断片的な映像には、一行が小さな尾根を登りつめたとき、ストーンがブリンクを脇に引っぱっていくようすが映っている。遠目にも、ふたりが激《げき》した口調で言い争っているのは明らかで、それがののしりあいになり、いまにも殴り合いに発展しそうに思われたが……そこでストーンが憤然と歩み去った。

樹の天蓋の下に影が深まりだすころ、おびただしい枝葉と蔓をすりぬけてくる陽光の波は力を失い、空気は翳りを帯びてゆらめくように見えだした。やがて高所にたどりついたブリンクは、マチース族に顔を向け、きょうの行軍はここまでにすると告げた。

「目的地まであと十五キロだ」とブリンクはいった。「今夜はここに夜営する。あすの正午には目的地に着けるようにしないとな」

ガイドたちは不安の面持ちながら、ただちに一帯の小径木《しょうけいぼく》や草を刈り払いにかかり、無駄口をたたくことなく、手早くきょうの夜営場所を確保しだした。ところが、それから数分のうちに、ガイドたちは夜営地にトラクアーが棲みついているのを発見した。トラクアーというのは小型の獰猛《どうもう》なオオアリ《カーペンター・アント》の一種で、縄張りを果敢に守ることで知られている。このアリは密林のあちこちに広く見られる種で、マチース族にとっては悩みのタネのひとつになっていた。トラクアーに咬まれると、ハチに刺されたような痛みをもたらす。そして、枝に吊ったハンモックにも、細い吊り索づたいにやすやすと侵入してくるという。夜行性のトラクアーは、あたりが薄暗くなるとともに、最初のうちはゆっくりと、しだいにわらわらと、巣穴から出てきつつあった。

ヴェーダラ博士は即座に、ここを夜営地に選んだのはまちがいではなかったかと疑念を呈した。

日が暮れるまで、すくなくともあと一時間はあるのだから、そのあいだに別の場所を選べばいいではないか。ヴェーダラが呈した懸念は、しかし、あっさりと却下された。ブリンク軍曹にしてみれば、アリは瑣末《さまつ》な問題でしかなかったのだろう。そのさいの険悪なやりとりと軍曹の尊大な態度は、チームを包む緊張と恐怖をさらに悪化させた。

ほどなく、〈カナリア〉ドローン群が周囲の偵察を切りあげ、夜営地に集まってきた。そのさいに〈カナリア〉たちが記録した映像を見ると、チーム・メンバーは一様に、顔に不安の表情を刻みつけていることがわかる。ただし、例外がひとりだけいた。

ジェイムズ・ストーンだけは、一心に作業にふけっていたのだ。

ロボット工学者が行なっていたのは、ふたたび〈ファントムアイ〉ドローンを取りだして、四基のローターを展張させ、新しいバッテリーに交換することだった。数分のうちに作業はおわり、黒いドローンは軽快なローター音とともに密林の奥へ飛びたって、光と影のストライプをぬいながら奥へと進んでいった。行く手には蔓や木の枝がからみあっているが、AI搭載のドローンは精密なレーザー距離計を装備しているため、完全に自律して障害物を軽々と回避し、最高で時速八十キロまでの速度を出せる。

このペースだと、ドローンは目的地まで十二分で到達し、ようすを探れるはずだった。

ストーンはしきりにトラクアーをたたきつぶしつつ、首にかけたタブレットをにらみつづけた。周囲では、マチース族がなおも山刀《マシェッテ》を振るい、刈り払いをつづける音がしているが、それには耳をふさぎ、仲間の科学者たちが洩らす不満のつぶやきを無視しようと努めながら、じっと画面を見まもる。リアルタイム表示されている映像は、進んでゆくドローンのカメラから送られてくるものだ。ジャイロスコープ搭載なので、画面がぶれることはない。ストーンとしては、薄れゆく最後の陽光のもと、謎めいた特異体の姿をひと目でも見ておきたかったのである。

だが、出発してから九分後、目的地まで三キロの地点で、ジャイロスコープ不調の報告があったのを最後に、〈ファントムアイ〉との無線通信は途絶した。ストーンは必死になって、かけがえのないロボット・ドローンとの再接続を試みたが、どうにもうまくいかなかった。十万ドルもかけたユニットは、まるごと行方不明となってしまったらしい。

おそらく、もう回収はできないだろう。

ストーンは毒づきつつ、画面からコマンドを入力し、手元の映像記録を確認した。送られてきた映像は、ドローンが最期を迎える直前までのものだけであることがわかった。手早く状況を分析したところ、〈ファントムアイ〉は小川を越える最中に安定を失ったらしい。空中でもんどりうつようにしてひっくり返ったのち、水しぶきを立てて川に落ちたようだ。

ストーンが意気消沈するのを見て、ハラルド・オディアンボがそばに歩みよった。

じつは、不安をかかえているのはケニア人科学者も同様だった。マチース族のガイドたちは、夜営地を伐開《ばっかい》したあとだというのに、さらに伐採をつづけ、大きな枝を伐り取り、その先端をとがらせて、夜営地周辺に上端のとがった柵を設けていたからである。オディアンボの目には、マチース族が戦いの準備をしているように映った。

「なにかにぶつかったのかな?」ストーンのそばにしゃがみこみ、オディアンボはたずねた。

「その可能性もなくはないが、たぶん、ちがう」とストーンは答えた。その顔にディスプレイの発する光が反射している。「小川を飛び越えようとしていたんだ。川の上だから、あたりに障害物はない。しかもドローンは、そこにいたるまで、障害物だらけの密林をぬって的確に飛んでいた。これを見てくれ」

ストーンは通信途絶のすこし前まで巻きもどしてから、フレーム単位で記録映像を進めていった。最期の瞬間、急につきあげられたような感じで、映像がはげしくぶれた。そののち、映像はぼやけ、ローターも安定を失い、ドローンはきりきり舞いをしだした。

「いきなり、この調子だ。なにかにぶつかられたんだと思う」

「バードストライクかな?」

「かもしれない」ストーンはなおも、映像を指でスワイプし、めまぐるしく回転する小川と密林の映像を一フレームずつ進めていった。この状態では、映像はもう、なんの意味もなしていない。無意味な色彩が乱舞しているだけだ。

ストーンはいまいましげにかぶりをふった。

「待った」オディアンボがストップをかけた。「そこで停めてくれ」

とまどいながらも、ストーンはそのフレームで停めた。

「もう一フレームもどしてくれるか」オディアンボはうながした。「もういちど」

ストーンはもう一フレーム前にもどし――そこで彼の目もそれをとらえた。なにか赤くて丸いもの――それが樹々のあいだに潜んでいる。ぼやけていてはっきりとはわからない。ウーとヴェーダラも黙ってようすを見にやってきた。フィールド・チーム全員が周囲にそろい、画面を見まもるなかで、ストーンは赤くてぼやけたなにかをズームアップした。

「顔のようだ」混乱して、ストーンはつぶやいた。「しかし、なにかがおかしい。光のいたずらかなにかだろうか」

　拡大したことでブロックノイズも目だつようになったが、その顔は——それがほんとうに顔だとしたら——異様だった。造作が魔物めいている。黒い目は爛々《らんらん》と燃えて、肌の色が赤い。まるで血でも塗りたくったようだ。

「ドローンを壊したのは、十中八九、この者のしわざと見ていいだろう」オディアンボがいった。

「これはいったい、なんなんだ？」問いかけながら、ストーンは柵の外に目を向けた。

　削ってとがらせたばかりの枝先はどれも色が白っぽい。その鋭い枝の柵が、ぐるりと夜営地を取りまいている。ウーとヴェーダラが寄りそうようにして立った。暗さを増していく密林の中で、自分たち四人の存在がはなはだ矮小《わいしょう》に思えたのだろう。

「〝なにか〟という問いかけは適切ではないな」オディアンボが眉間にしわをよせ、老齢で涙っぽい目を密林の奥に向けた。「〝何者か〟だ」


　人はみな、特定の夢の中で、異様な時間経過の歪《ゆが》みを経験する。その経験においては、貴重な数秒が無限に引き延ばされる。これは避けられない破滅に直面したときにそうなることが多い。子供のときからそんな悪夢をくりかえし見てきたジェイムズ・ストーンは、のちに〝以後の一時間は、最悪の悪夢が現実になったに等しかった〟と述懐している。〝密林全体が不吉な予兆におおわれて、科学者チームのすることはすべて既視感《デジャヴュ》をともなっていた〟とも。

回収された〈カナリア〉たちの映像は、行軍二日めの〝ゴールデン・アワー〟に——具体的には、日没前の四十五分ちかい時間に——夜営地にたれこめていたものうい雰囲気をみごとに伝えている。赤く燃える夕陽の上縁が地平線の十度下に沈むころ、残照の間接光に呑みこまれた葉という葉、蔓という蔓、飛んでいるすべての昆虫は、内部からぼうっと発光しているように見えた。影が踊り、ほのかな反射光がきらめく黄金のオーラの中、フィールド・チームはすっかり無力感にとらわれている。やがて黄金の光が薄れはじめると、科学者たちは目を大きく開き、周囲に広がる密林の深い影を見つめた。

静寂を破ったのは、かんだかいホイッスルの音だった。

ホイッスルを吹いたのは、伐《き》り開かれた夜営地の中、一本の太くて丸い樹のそばに立ち、ハンモックを吊ろうとしていた、マチース族のひとりだった。帽子をあみだにかぶったその男の頬は、片方が大きく膨れている。考えごとでもしながら、コカの葉の束を噛んでいたのだろう。だが、わずかに宿る残光のもとで、男は黒々とした目を一点に向け、なにかを見つめていた。科学者たちが視線をたどると、その先にあったのは——彼らがここではじめて目にする、アマゾン原産のパラゴムノキだった。

ごわごわとして斑点のある幹の表面を、白い樹液が薄膜となって流れ落ちている。まるで蠟燭《ろうそく》の融けた蠟のようだ。

一般に、〝血を流す樹〟として知られるこの植物は、ブラジルの歴史にもっとも暗い影を落としたもののひとつである。アマゾンのゴム景気がはじまったのは、十九世紀の末期。以後、貪欲《どんよく》な山師とゴム大尽の群れが未開の密林の奥深くに入りこみ、その結果、何万という先住民が奴隷にされ、ゴムの樹液採取のため樹々に傷をつけてまわる苛酷な労働を強いられて、おおぜいが死んでいった。それはアマゾンに対し、外界からの侵入によって組織的に行なわれた、最初の——最後ではない——略奪だった。

マチース族の男はコカの葉の塊をぺっと地面に吐いた。ついで、ゴムノキに目をすえたまま、ブリンクに口早に話しかけた。薄れゆく光の中、ジャガーのひげを模し、鼻に何本も刺した極細の竹ひごのせいで、男の顔はこの世のものならぬ存在に見える。

「どういう意味だ？　あの樹がふつうじゃないというのは？」ブリンクが前腕に這い登っていた一匹のアリを払い落とし、マチース族に向きなおると、声を低めた。「あれはただのゴムノキじゃないか。樹液をたらしているだけの」

問われたマチース族は、指先でゴムノキに触れようとした——が、その手を途中でとめられた。そばにきていたヴェーダラに手首をつかまれたのだ。ヴェーダラはゴムノキの表面に目をすえたまま、ゆっくりと男の手を下におろさせて、

「だめよ」といった。「触れてはだめ」

幹のなかばほどから上で、じくじくと滲《し》み出す樹液は、黒っぽく変色し、メタリック・グレイの色を呈していた。樹皮にはぼうっと発光する緑の斑紋も散っている。斑紋は膨らみを帯びて、

その縁にはキチン質のような膜があり――そこに六角形の畝《うね》が見てとれた。

ヴェーダラが見ているうちに、膨らみのひとつが平坦になり、同時に全周へ二、三センチずつ広がった。ついで、ゴムノキの内部できしむような音がしたかと思うと、なにかが裂ける不気味な音がした。

ヴェーダラがとっさにあとずさった。ブリンクは自分の唇から楊子がぶらさがるのにも気づかず、口を半開きにしてつったっている。

グループのリーダーとして、ヴェーダラが険しい光を目にたたえ、一同に指示した。

「全員に警告。ここはすでに汚染地域だわ。今夜はもう、ここにはいられない。ただちに移動の準備を」

「冗談だろう」ブリンクの声がいった。

科学者たちはブリンクに顔を向けた。軍曹は荒い息をして立っている。こみあげてくる恐怖に怒りが勝ったらしい。もうじき残光も消えて真っ暗になる。宵に鳴く鳥たちが物悲しい歌を歌いはじめていた。

「わたしは真剣そのものよ」ヴェーダラは答え、マチース族たちをにらんだ。

ガイドはみなヴェーダラの指示にしたがわず、ブリンクを見つめて命令を待っている。何人かは密林に不安の目を向け、低い声でぼそぼそとささやきあっていた。

ブリンクはすぐには返答できず、いったん額に手をあててから、その手を下におろし、「わかった。「信じられん、こんなこと」とつぶやいた。それから、ヴェーダラにうなずいて、すぐに出発する」

マチース族のポーターたちが動きだし、荷物を集め、出発準備にとりかかった。

ストーンは急いで〈カナリア〉ドローン群の有毒物質検知センサーをチェックした。なんの反応もない。にもかかわらず、ポケットから防毒マスクを取りだし、口と鼻にあてた。自分の呼気が頬をくすぐる、おなじみの熱さが感じられた。

「あれがゴムノキなら」オディアンボがいった。「分泌するのはゴムの乳液《ラテックス》だ。アンドロメダがここに定着したのも完全に筋が通る。察するところ、われわれが見ているものはＡＳ‐２だな。オリジナルのワイルドファイア研究所で気密ガスケットを解重合した、あの変異体だよ」

「これが天然ゴムを食うものなら、なんの脅威にもならないぞ」ブリンクが力なく反論した。

「たしかに。しかし、アンドロメダ因子は進化する」オディアンボは答えた。暗然としている声だった。「われわれはまさに、アンドロメダの進化を目《ま》のあたりにしているんだ。こうなると、われわれにはもう、自分たちが置かれている危険の度合いを的確に見積もることはできない」

「ハラルドのいうとおりだわ」ヴェーダラも同意を示した。

ブリンクがヘッドランプを額にはめ、点灯した。それから、山刀《マシェッテ》の鞘《さや》を払い、先行役のガイドたちに先へ進むよう指示すると、みずからもふたりのあとを追いかけ、足どりも荒く歩きだした。立ち去るとき、こうつぶやくのが聞こえた。

「おれがかかわったなかで、こいつはとびきり無謀で、いちばん馬鹿げた遠征だ」

荒々しくマシェッテを振るい、枝を払いながら、大男の軍曹は密林の奥に消えた。

つづいて、ウーがほかの科学者たちの前を通りすぎ、急ぎ足でブリンクのあとを追った。ダークブルーの防毒マスクの上には黒い目が見えている。例の変容したゴムノキに広がっていく感染には見向きもしない。軌道にいるクラインとの会話以来、ウーは前にも増して口数がすくなくなっていた。敗色の濃いゲームにおいて、適切な対応を模索しているのだ。

ストーンはブリンクを追いかけていくウーを見送った。

そこで、だれもゴムノキのサンプルすら採取していないことに気がついた。一行は密林の奥深くまで入りこんでいる。すでに日は沈んだ。そして、きょうになって全員が見た異常の数はあまりにも多い。この密林は病んでいる。なにかに汚染されている。その汚染の源は明らかに、ここから約十五キロのところにある得体の知れない特異体からきたものだ。

まだそう遠くまでは進んでいないのだろう、行く手の暗闇から、ブリンクが低い声でガイドに指示する声が聞こえた。

「じき、真っ暗になる」マチース族が答えた。

「わかってる」ブリンクの声がつづけた。「できるだけ距離を稼ぐんだ。つぎの隆起を見つけしだい、そこで夜営する。くそっ、いまいましいインテリどもめ」

そんなやりとりを聞きながら、フィールド・チームは夜闇のまっただなかへ進みだした。原始の森に伐《き》り開いたばかりの夜営地を離れ——オオアリの群れと、夜営地を取りまく先のとがった柵をあとに残して。

土壇場で夜営場所を移すと決めたことと、その結果、必然的に暗闇の中で夜営地を設営しなければならなくなったこと、そして防柵をじっくり設ける余裕がなくなったことは、のちに各人の生死を分かつことになる。

それは今夜、チームには生還できない者が出るかもしれないことを意味していた。

第３日
特異体

わたしは未来を信じる。
——マイクル・クライトン

15　夜襲

ハラルド・オディアンボが携行するポータブル可聴下音探知機が銃声をとらえたのは、チームがアマゾン入りして三日めの、夜明けまであと四十九分のころだった。

これはアマゾンでもっとも暗い時間帯と一致する。ただでさえほのかな星明かりと月明かりなのに、それを樹々の部厚い天蓋にさえぎられ、アマゾンの密林の地面付近は漆黒の暗闇に閉ざされていただろう。

エドゥアルド・ブリンクと辺境部族のガイドたちは、昨夜のうちにあわただしく、暗闇の中で新たな夜営地を伐《き》り開いていた。科学者たちにとり、ここは見知らぬ密林の奥地だ。しかも疲れはてていて、あたりは文目《あやめ》も分かぬぬばたまの闇。要するにフィールド・チームは、いきなり行なわれた用意周到な攻撃に対し、なにひとつ準備ができていなかったのである。

夜襲はなんの前触れもなくはじまった。

襲撃者はほんの数人だったが、全員、密林での行動に長《た》けていた。のちに現場から回収された遺体の検証から、襲撃者の暗視力は、ある植物の根から絞った汁、サナンガ(註6)で強化されていたことがわかっている。襲撃者たちはこれにより、夜明け前のごくわずかな光のもとでも余裕を持って行動できたのだろう。

以下のできごとは、わずか十一分のあいだに起こったものである。

まず、自分のハンモックで寝ていたニディ・ヴェーダラ博士が、血も凍る悲鳴で目覚めた。のちにその悲鳴は、先をとがらせた竹の槍により、上胸部を貫かれたマチース族のポーターが発したものだと確認されている。おそらく、なにかの物音を聞きつけたのだろう、ポーターは夜営地の外縁へようすを見にいき、ヘッドランプであたりを照らした。その直後に刺されたのだ。

ついで、それから三十秒ほど、人間ののどから出るものとは思えない、まるでジャガーが発する咆哮《ほうこう》のような声が長々とほとばしり、科学者チームは恐怖に駆られてハンモックから地面に飛びおりた。全員、眠けが完全に吹っとんでいる。混乱に拍車をかけたのが、夜営地の周囲からぞくぞくと射かけられてくる竹の矢だった。科学者とポーターたちが安全な場所を求めて逃げまどいだす。

ブリンク軍曹は賢明にも、タフなマチース族を夜営地の外縁側に、ほとんど無防備の科学者たちを内側に配置していた。科学者たちを徘徊《はいかい》中の夜行性動物から守るのと、科学者が夜営地の外にさまよい出ていき、迷子になるのを防ぐのがその目的だ。夜営地中央には、支柱根が伸びて成木になると歩いているように見えるところから、〝歩くヤシノキ《ウォーキング・パーム》〟と呼ばれる樹が生えている。科学者たちのハンモックは、このヤシノキを基軸に、周囲へ放射状に吊ってあった。

こうした配置のおかげで、マチース族が先に危険に直面しているあいだに、科学者たちは〝歩くヤシノキ〟の、太い高足のような支柱根のあいだに身を隠すことができた。身を隠すといっても、支柱根同士の隙間はけっこう大きい。降りそそいでくる矢は先端が針のように鋭く、植物から抽出した猛毒クラーレが塗ってある。これは通常、サルを狩るのに用いられるものだ。

矢が何度か斉射されたのち、ブリンクが命令を怒鳴る声が聞こえた。たちまち、大きな〝歩くヤシノキ〟を中心とする小さな空き地のあちこちで銃声が響きだした。鼻をつく火薬のにおいに加えて、裂けた幹や枝葉が放つ刺激的な芳香が一帯にあふれだす。耳をつんざくライフルの発射音と、深く響くショットガンの発砲音――。それからの数分間、耳を聾《ろう》する轟音はほぼ途切れることなくつづいた。

銃声の嵐の中、ひときわ特徴的な音は、ブリンクが連射するM4A1の発砲音だった。銃口のずんぐりしたこのバトル・ライフルは、標準モデルよりも軽い。銃身をマーク18近接戦闘用レシーバー（CQB－R）に交換してあるからである。銃身は二六〇ミリと短く、密林での近接戦闘で取りまわしがいいため、特殊部隊に好んで使われる。

あちこちで銃火が閃くなか、両手と両ひざをついていたストーンは、魔物の顔――赤い悪魔の異形の顔をかいま見た。魔物たちは下生えを突きぬけ、つぎつぎに夜営地へ向かって駆けてくる。

註6　サナンガは眼球につけると色覚と視力を強化し、狩猟や戦争で効果を発揮する。現代科学ではこの作用の機序がわかっていないが、伝承によれば、アマゾンの先住民は二千年以上も前からこの根の汁を利用してきたといわれる。

手に手にふりかぶっているのは、柄《え》が長くて黒い斧《おの》だ。ストーンは〈ファントムアイ〉の映像に映っていた赤いしみを思いだし、それを見て確信した。あれは光のいたずらなどではなかったのだ。

これが未接触部族との、最初の接触だった。

ベニノキ《ウルクム》からとった真っ赤な染料を顔に塗りたくり、魔物そのもののように見える戦士たちは、じっさいには小柄な人間にすぎないが、おそろしく敏捷だった。胸には黒い棒状の刺青を何本も入れ、髪には鳥の羽根を何枚も差している。この男たちは未接触部族の使者にほかならない。そして、ほぼ確実に、科学者たちが旅をはじめてからずっとあとをつけ、見張っていたグループにちがいない。ここにいたるまで、〝その先は禁断の地だ、それ以上は進むな〟と、さまざまな形でフィールド・チームに警告していたのもこのグループだ。

いまとなっては、引き返すには遅すぎる。

この前の年、ブラジル国立先住民保護財団《FUNAI》によって登録された目撃例の記録文書で調べてみると、このグループの特徴は、一般にマシャード族と呼ばれる部族のそれに酷似していた。彼らがポルトガル語で〝斧《マシャード》〟と呼ばれているのは、この部族が石斧《いしおの》という、この地ではまれな武器を使うことに由来する。アマゾンの奥地に引っこんだのがつい一世代前だったこともあり、彼らは銃とその威力に関する幅広い知識を残していたのだろう。夜の闇に向かって、咆哮とともに吐きだされる銃弾を避けるため、樹々を掩体《えんたい》として効果的に使うことを知っていたのも、それで説明がつく。

比較的最近まで襲撃者と同じ境遇にあったマチース族は、即座に先住民《インディージェナ》の戦術を悟ったらしい。この戦いが命がけのものであることは、当人たちがいちばんよく承知していた。ゆえにマチース族は、ひとりひとりが死にものぐるいで密林に銃弾をたたきこみ、薬莢《やっきょう》を排出し、マガジンをからにし、雷鳴のような銃声で空気を震わせつづけた。

それは壮絶な戦いだったが――だからこそ奇妙だった。

力押しでの猛攻を受けて、ブリンク軍曹自身、心から驚いていた。疑念と恐怖がいっそう強まったのは、銃の応射をはじめてもなお、敵の襲撃がつづいたからだ。銃声と銃の威力は、本来、敵を威嚇して追いはらうことが目的であり、ここでもそうなってしかるべきだった。それなのに、獰猛な戦士たちの攻撃は衰えない。その猛攻ぶりをすこし見ただけでも、なにかがひどくおかしいことにブリンクは気づいた。アマゾンの奥地に住む未接触部族同士の抗争は、たまに聞かないではない。だが、先住民が西洋人を襲うことはめったにないし、緒戦で圧倒的な火力を見せつけられて引かなかったことは絶えてない。

さらに悪いことに、マチース族のガイド兼護衛たちの耳には、指示がほとんどとどいていなかった。自身のバトル・ライフルが発する鋭い銃声に圧倒されないよう、大声で懸命に命令を怒鳴りつづけるものの、通じているふしはない。狼狽《ろうばい》しつつ見ているうちに、ブリンクの最悪の恐怖は現実のものとなった。

一挺、また一挺と、銃が沈黙しだしたのだ。

最初に悲鳴をあげたマチース族は、傷を負ったとたん、即座に倒れた。黒い色をしたねばつく毒物に神経系を冒されたのだ。これはふだん、未接触部族が狩猟に出るさい、大型霊長類を麻痺させるのに使う天然の神経毒で、名前をクラーレという。ぐったりと横たわるガイドの額から、点灯したままのＬＥＤヘッドランプが地面の一画を明るく照らしだしていた。それを見たほかのマチース族ガイドたちが、ことばを交わさぬまま示し合わせたように動き、音を立てることなく、いっせいに撤退しだしたのだ。

ブリンクは鋭い声で命令を怒鳴った。が、したがう者はおらず、〝歩くヤシノキ〟の支柱根の下にいまも固まっている科学者たちを怯えさせただけにおわった。先住民《インディージェナ》の護衛たちには、命や手足を失う危険を冒してまで余所者《よそもの》の不可解な探険行につきあう義理はない。何十年ものあいだ、アマゾンへのさまざまな来訪者たちに食いものにされてきたマチース族は、ブリンク軍曹やワイルドファイア・フィールド・チームよりも、むしろマシャード族のほうに共感する部分が多い面もある。

マチース族の多くは、ほんの二、三日の行程で、密林の奥深く、自分たちの家族が住まう先祖代々の共同家屋《マロッカ》にたどりつけることを知っている。加えて、深く根づいた白人への不信から（じっさい、不信をいだくだけのことをされてきている）、今回の混乱は、なんらかの形で外国人に原因があるとの疑念をぬぐえずにいた。それならば、さっさと引きあげ、あとは当人たちにまかせようというわけだ。

かくして、襲撃がはじまって六分のうちに、地元民を除くワイルドファイア・チームの者らは、いやでも自衛せざるをえない格好で取り残された。

チームのうち、武器を持ち、夜営地を守る能力があるのは、エドゥアルド・ブリンクひとりしかいない。ブリンク自身は、自分の能力に自信があった。だが、暗黒の密林の中、足音を忍ばせて移動する軍曹には、痛いほどわかっている。もしも毒を塗った槍先がほんのすこしでも自分の肌をかすめれば、そのあとで科学者チームは皆殺しにされてしまうだろう。

「明かりを消せ！」ブリンクは怒鳴った。

夜営地の中心でフラッシュライトをつけたのはジェイムズ・ストーンだった。明かりなどつけたら、いい標的にされてしまう。おまけに、ブリンクがひそかに企図する反撃にも支障が出る。

夜営地はすぐさま、ふたたび暗闇に閉ざされた。

ブリンクは地にうずくまり、肩のくぼみに銃床をあてがうと、冷たい金属のフレームを頬に押しあてた。泥で汚れた親指で、歩兵用暗視装置AN／PVS‐17を始動する。スコープのレンズがぼうっと緑色に発光した。通常、暗視装置はヘルメットにセットされたものを使うが、今回は民間人主体のオペレーションのため、軍用装備は最小限にとどめるよう指示されていたのである。

スコープの光増幅機構を通じて〝歩くヤシノキ〟のようすをさぐる。科学者たちは支柱根の下に固まっている。加えて、度胸のあるだれかがハードケースを何個か引きずりよせ、流れ矢から身を護る楯としていた。

つぎに、暗視スコープで夜営地周辺の密林を走査した。その右目に、丸く緑の光があたっている。

スコープごしに見る樹々は、黒い縦の縞と化していた。そのあいだをそっと走る襲撃者たちのシルエットが見える。不気味な姿だった。赤い顔料を何層にも塗りたくった襲撃者たちの顔は、スコープごしには黒く見えている。顔料の凹凸から判断するかぎり、頬、唇、目は異様に歪み、変形していた。ところどころ、皮膚の表面がはじけ、不気味な黒い斑点が生じているようにも見える。

この襲撃者たちは、やはり決定的におかしい。

保護官《セルタニスタ》というものは、保護すべき先住民にけっして危害を加えてはならない。たとえその身に命の危険がおよぼうともだ。じっさい、FUNAIでもっとも有名な標語のひとつは、ひどく気が滅入るしろものだった。なにしろ、〝必要とあらば死ね〟というのだから。しかし、この夜、ブリンクはここに、歴戦の古参兵として存在しているのであり、保護官としてきているわけではない。アマゾンの密林の奥深くに住む部族を保護するのと引き替えに、自分の命を危険にさらすのはごめんこうむる。それはこの地を訪れる訪問者の大半と同様だった。

じつは、科学者たちと出会った当初に自己紹介した内容とは異なり、ブリンクはFUNAIに所属する者ではない。実体のはっきりしない機関の依頼を受けて、世界じゅうの僻地《へきち》をめぐり、秘密裏に数々の仕事をこなしてきた結果、圧倒的なタフさと粘り強さを身につけた古兵《ふるつわもの》だ。

機械のように正確な動きで、ブリンクは密林を走査しながら音もなく前進し、ときおりバトル・ライフルの引き金を絞った。

一発一発が死刑執行令も同然の、完璧な狙撃《そげき》だった。

連れてきた先住民のガイド兼護衛には逃げられた。多勢に無勢のうえ、敵は原始的だが恐るべき斧と槍と矢で武装している。それに対して、こちらは全滅ととなりあわせの状態だ。それでもブリンクは、長く戦いの場に身を投じてきた兵士の本能を備え、きわめて高度な訓練をこなしてきたうえ、彼我の武器とセンサーの技術レベルには五万年の開きがある。これらをもってすれば、目の前の脅威を容赦なく殲滅《せんめつ》してしまえるはずだ。

片目をスコープにあて、いつでもライフルを撃てるように構えつつ、用心深く密林に足を踏みいれた。動くものと見れば、問答無用で撃つ。標的が味方のマチース族か敵のマシャード族かは一顧だにしない。いまはもう、全員が敵と見なして撃っている。

それから三分のうちに、目的はほぼ達成されていた。

その刹那《せつな》、石斧の刃《やいば》がブリンクの肩胛骨《けんこうこつ》を打った。すかさずふりかえり、本能的にライフルを発射する。銃弾は目の前のマシャード族のからだにこぶし大の穴をうがち、噴出した血飛沫《ちしぶき》が、付近のカポックノキの光沢のある葉にざーっと降りそそいだ。

はじめのうち、ブリンクは、たいした傷ではないと思った。石斧は肩の肉にすこし食いこんだだけだったからだ。痛みはあるが、骨が折れてはいないし、からだも自由に動く。背中を温かい液体が流れ落ち、ズボンにまで滲《し》みこんでいくのが感じられた。しかし、何秒かすると、液体が流れる感覚がなくなった。

それも道理で、ブリンクには見えなかったが、このとき背中を流れ落ちる血液は即座に凝固し、赤い微粉に変化していたのである。

それからの三十秒ほど、ブリンクはライフルを左右に振り向けながら、密林を歩きつづけた。

もはや残敵は見つからなかった。明るく発光するスコープにつけたままの片目をときどき閉じ、反対の（暗闇に慣れている）目をあけ、周囲の広い範囲を見まわす。

十一分が経過した。襲撃者は死に絶え、ひとり残らず地に横たわっていた。

樹々のあいだに転がっている死体は、ぜんぶで七つあった。そのうちの五つは、魔物のような扮装をしたマシャード族の死体で、ほかのふたつは、自分が連れてきたマチース族の死体だった。にもかかわらず、ブリンクは達成感をいだいた。

科学者たちは、怯えてはいるが、ぶじらしい。これなら作戦を続行できる。フィールド・チームは問題なく、三日めの正午までに目的地へ到着し、特異体を調査できるだろう。安堵しつつ、ブリンクは手近の樹にもたれかかった。ライフルを降ろし、凄絶《せいぜつ》な笑みを浮かべる。

こんどもまた、死線を乗り越えた。

二十分後、密林の中に暁光《ぎょうこう》がきざしたとき、その笑みはなおもエドゥアルド・ブリンクの顔にこびりついたままだった。血まみれの樹の幹に、安らかにもたれかかった死体は、いまもバトル・ライフルの銃把《じゅうは》をしっかりと握りしめていた。

16　アルファとオメガ

　夜明け前の暗闇の中、ポン・ウーは自分だけの隠れ場所に身をひそめ、ほかの三人の科学者が安全を求めて〝歩くヤシノキ〟の支柱根内に逃げこむ音を聞いていた。襲撃がはじまると同時に、ウーはハンモックをすべりおり、身を低くして、夜営地のはずれにある大きな堅果の生《な》る樹へ急いだ。大きな樹木を防壁がわりに、背中を押しつけ、人民解放軍仕様のコンバット・ナイフを引き抜く。身を低くしてうずくまったのは、シルエットをできるだけ小さくするためだ。背後から襲われる心配のない、この有利な場所に陣どって、目の前から飛びかかってくる敵がいれば容赦なく刺すつもりだった。

　マチース族が防衛に失敗して、襲撃者が夜営地にまでなだれこんでくれば、一カ所で無防備に固まっている科学者はたちまち一掃される。むなしく殺される犠牲者のひとりになりたくはない。だからウーは、単独で行動し、暗闇に目をこらしながら、各所で閃く銃火の明かりをたよりに、あたりのようすに注意を配った。

密林の密生した枝葉は銃声を吸収し、くぐもらせている。ときおり聞こえる悲鳴やかんだかい雄叫《おたけ》びは、どこからともなく聞こえると同時に、あらゆる方角から聞こえてくるようでもあった。だが、戦いの音はしだいに間遠《まどお》になっていき、長い十分間が経過したのち、とうとうなにも聞こえなくなった。ウーはまだあるかもしれない攻撃に備え、用心深く耳をすました。最後にいちど、押し殺した驚きの声があがった。これをブリンク軍曹の声だと見たウーの判断は正しい。なにか予定外のことが起こったにちがいない。まずはそれを調べなくては。

夜明けを迎えて、密林がほんのり明るくなりだすと、ほかの科学者たちはすこし落ちつきを取りもどしたようだった。ウーはそろそろと臨戦態勢を解いた。見ると、顔のすぐそばの幹に白く抉《えぐ》れた痕がある。あやうく矢が当たるところだったようだ。すばやく、しかし音は立てず、ナイフを前に構えたまま、腰をかがめて夜営地の外周に向かいだす。

途中、下生えやねじくれた樹の根のあいだに、いくつかの死体が転がっているのを見た。樹の幹や枝は弾丸で抉《えぐ》れ、あるいはずたずたになっており、木の葉はスプラッター映画よろしく、血と柔らかい組織とで真っ赤に染まっていた。これらの死体については、詳細な検屍《けんし》が必要になるだろう。ぱっと見ただけでも、皮膚が赤い顔料のようなものにおおわれ、しかもそこに斑点のようなものが生じているのがわかる。

奇怪な死体には近づかないよう気をつけながら、ウーは進みつづけた。ずっと後方から、フィールド・チームの声をひそめたやりとりが聞こえている。

数秒後、斜め前方に、ブリンクのいかついシルエットを見つけた。ウーの位置から見ると、ゴムノキの向こう側だ。太い基部にもたれかかっている。銃口を斜め下に向けてバトル・ライフルを構えており、暗視スコープの放つ緑の円が右腕の二頭筋を照らしているのが見えた。

「ブリンク」ウーはささやきかけ、軍曹に歩みよった。

樹の斜めうしろからそっと近づいていき、指で肩をつつこうとして……はっと思いとどまった。

なにかがおかしい。不自然だ。

これはエドゥアルド・ブリンクではない。なにかがちがう。

こみあげてくるパニックを抑えようとした。思いだしたのは、両親が人民解放軍の仕事で留守がちだった小さな女の子のころのことだった。家に残された彼女は、小さな子供にはよくわからない決まりごとや因果関係に直面せざるをえなかった。祖父から教わった囲碁《ウェイチー》の観点から世界を眺め、それによって圧倒的な心細さから距離を置くすべを学んだのは、その時期のことである。何年もたって、ウーは冷静で几帳面《きちょうめん》な人間に成長したが、それは不安に抗《あらが》ってきたおかげにほかならない。

抗いつづけたおかげで、その後はいちども不安に屈せずにすんでいる。

いま、呼吸を制御しながら、ウーは用心深くあとずさった。ちらりと背後を見る。依然として付近に人影はない。

ゆっくりと、大きく迂回するようにして、ブリンクの前にまわりこんだ。

死んでもなお、ブリンクは笑みを浮かべていた。その目は金属質のようなグレイの斑《ふ》だらけとなり、くすんでいる。ひと息つこうとこの樹にもたれかかったところでなにかが起こり、その姿勢で凍りついたまま、死んでしまったようだ。ウーはさらに横へまわりこみ、反対側の斜めうしろから死体を観察した。広い肩のすぐ下で、黄褐色の密林用シャツが裂けている。小さな裂傷も見えた。背中がゴムノキの斑紋がある幹に押しつけられているため、部分的にしか見えないが、たしかに傷がある。

そのとき、ブリンクの死体がずるっと下がった。だが、なにかが死体を支えているのか、立ったまま、それ以上は下がらない。

こんな状況を目の前にして死体に手を触れるほど、ポン・ウーは愚かではなかった。かわりに、手早くブリンクの携行品ポーチのジッパーを開き、中のポケットを調べた。元戦闘員なだけに、特殊部隊が携行するこの手のポーチには、家族の写真、地図、遂行中のミッションの日誌などが入っていることを知っていたのだろう。

携行品の中に、防水カバーでくるまれた小さなパケットが見つかった。その表面には、こんなラベルが貼ってあった。

非常手段——非常手段——非常手段

パケットをあけてみる。出てきたのは、ジッポーのライターほどのサイズの、黒いプラスティック容器だった。保護容器らしい。保護容器の中にはガラスの小瓶が入っている。その中身は、ねっとりとした琥珀《こはく》色の液体だった。元戦闘員であるウーには、この粘度の高い液体が神経作用物質――きわめて強力で確実に死をもたらす毒物であることがわかったはずだ。

　ガラス瓶には〈オメガ〉というコードが刻印されていた。オメガはギリシアのアルファベットの最後の文字で、すべての終わりを象徴する。

　チームのほかの者たちに対する不信が、ポン・ウーの中で偏執的なレベルにまで膨れあがった。最後の最後における困難な決断は、自分ひとりで下す必要がある。同行の科学者のうち、だれを信用できるかはわかったものではない。そもそも、信用できる者がいるかどうか……。

　その朝、しばらくたって、ほかの科学者たちにより、ブリンクの笑みを浮かべた死体が調べられたとき、〈オメガ〉の小瓶はもう彼の携行品ポーチには入っていなかった。

17　暁光の中で

「これはただの人間だ。先住民だ」ハラルド・オディアンボがいった。陰鬱な声だった。「おおぜいの犠牲者のひとりだよ」

紫色の薄い研究用手袋をはめたケニアの科学者は、泥にまみれたマシャード族の死体のそばに立っている。小柄なマシャード族は、朝露の降りた下生えのあいだで、うつぶせに倒れていた。慎重な手つきで、オディアンボが死体をあおむけにひっくり返す。

マシャード族の頬には乾いたベニノキ《ウルクム》の染料が塗ってあり、鼻にはジャガーのひげを模して、極細の竹ひごを何本も突き刺してあった。下唇にもだ。これはこの部族に伝統的な装飾で、マチース族のそれとは微妙に異なっており、この死体が所属する部族を表わしている。

しかし、オディアンボがなによりも気にしているのは、そこではなかった。

苦悶の表情で歪んだ死体の口中には、グレイの灰のような物質が詰まっていたのである。死体の上唇も灰でおおわれていた。ひときわ気になるのは、顔の皮膚に点々と見られる、金属質めいた六角形の斑点だ。

「このグレイの灰は、あのホエザルの死体に見られた物質と同じものらしい」距離をとって死体を見ながら、ウーがいった。「もっと奥地で、おそらくは特異体そのものから感染したんだろう。いや、もはやこの密林全体に感染がおよんでいるのかもしれない」

オディアンボはさらに、マシャード族のむきだしの胸の上部にも、慄然《りつぜん》とする痕を見つけた。周囲が襞《ひだ》状になった血まみれの大穴は——銃弾に撃たれた痕にちがいない。

「犬のように撃ち殺されている」オディアンボの声は激情でわなないていた。「全員がそうだ。ブリンクのしわざだな」

「こうしないほうがよかったとでもいうの？」ヴェーダラがいった。

ヴェーダラに顔を向けたオディアンボは、深い怒りに満ちた声で答えた。

「ブリンクがほんとうに先住民保護財団《FUNAI》の所属なら、射殺するなどもってのほかだ。すくなくとも、皆殺しにすることはない。保護官は剽悍な先住民《インジョス・ブラーヴォス》に危害を加えず、脅して追いはらうだけにとどめるようたたきこまれている」

オディアンボは疲れはてた目をそらして、

「〝必要とあらば死ね〟」と、ほとんど自分に言い聞かせるようにしていった。「〝死んでも危害は加えるな〟。それがＦＵＮＡＩのモットーなんだ」

「この状況では複雑だけれど、たしかにそのとおりね」ヴェーダラがいった。「気の毒にも殉死《じゅんし》したブリンク軍曹については、あとで議論する必要があるわ。ただし、いまはあなたがたふたりに検屍を手伝ってもらわないと。すくなくとも疫学上のチェックくらいはしておきましょう」

ニディ・ヴェーダラは、自分のチームがパニックを起こす寸前であることを感じとっていた。口には出さないが、全員、地元民のガイドに逃げられたことに気づいている。そして、いつまた襲われるかと、戦々兢々《せんせんきょうきょう》としていた。状況はきびしい。行く手のどこかに、きわめて感染性の高い対象が待っているという要素を考慮しなくとも、かなりきびしい。

ヴェーダラは無言で、司令部に連絡できなかった場合の影響を考えた。スターン将軍からは、本日正午までに連絡するよう指示されている。こちらが連絡できないまま十二時間が経過すれば、計画は変更されるだろう。それを避けるためには、フィールド・チームは遅くとも、本日の夜中、十二時までに、特異体のもとへたどりつかねばならない。チームが行軍中に全滅したと判断したら、スターンは思いきった行動に出るにちがいない。

チーム・メンバーのうち、ふたりを見て、ヴェーダラは安心感をおぼえた。ポン・ウーの杓子《しゃくし》定規《じょうぎ》で機械的な正確さ、ハラルド・オディアンボの泰然とした態度と幅広い知識は頼りになる。心配なのは、土壇場になって追加で送りこまれてきたロボット工学の専門家、ジェイムズ・ストーンだ。ヴェーダラはすこし前、ストーンに対し、そっけない口調で、重要な機器を選別してバックパックに詰めなおすよう指示したところだった。そのストーンはいま、いわれたとおりに、〝歩くヤシノキ〟のそばで泥にひざをつき、ぶつぶつつぶやきながら作業をしている。

ポーターがいなくなった以上、各科学者は自分の装備を自分でかついでいくしかない。バックパックに収めきれない機材は置いていくほかなかった。それは全員がわかっているはずだが、それでもヴェーダラは、ほかのメンバーが死体を検屍しているあいだ、荷物の選別に専念するよう、ストーンに指示しておかざるをえなかった。ロボット工学者はそれほどに悲惨なありさまだったのだ。頬がげっそりとこけ、目はうつろで、顔にはごま塩の不精ひげが生えている。そして、しきりに顔をこすりながら、低い声で〝風に舞う塵のような血〟の悪夢のことをつぶやきつづけている。

おぼつかない手で機材の選別をするストーンをその場に残して、ヴェーダラは非ラテックスの研究用手袋をはめた。ほかのふたりのメンバーをうながし、ブリンク軍曹の遺体を調べに歩きだす。軍曹の遺体は依然としてゴムノキにもたれかかったままだ。あの恐ろしい笑みはいまも顔にこびりついている。

標準的な予備教育の一環として、ワイルドファイア計画の候補者たちは、当然ながら、全員がピードモント事件のことを勉強している。オリジナルのフィールド・チームが最初に発見したことのひとつは、〝どの死体も液状の血を流してはいない〟ことだった。ヴェーダラは自分自身が、あの事件から五十年以上を経て、この密林の奥地の中、歴史的な事件のファイルで読んだのと同じフィールド実験をくりかえしていることに気がついた。

ヴェーダラがまず行なったのは、ブリンクの盛りあがった肩の筋肉をメスで切開し、すでにある傷痕のすぐ下のあたりで肩胛骨を露出させることだった。メスで生じた、剃刀ですっぱり切ったように鋭い切り口を覗きこむ。皮膚の各層は、日に焼けた表皮から、白っぽい真皮、脂肪を含んだ黄色い皮下組織にいたるまで、完璧な状態だ。その下にはピンクの筋肉があり、さらにその下には白みがかったピンクの骨がある。骨にはくっきりと、メスではないものによる切りこみの痕が残っていた。

　ヴェーダラは順次、見えているものをボイスレコーダーに吹きこみ、記録していった。

「被験体の肩胛骨に深い裂創あり。傷痕に血はにじんでいない。予備検査によれば、傷口付近の赤血球は乾燥している。おそらく全身の血液が同じ状態だろう。遺体にはすこしも血がめぐっているふしがない」

　そこでふいに、うつろな声がいった。

「――いいかえれば、彼の血液はすべて、赤い微粉に変化したということだ」

　三人の科学者は声がしたほうにふりかえった。数メートル離れたところに、ジェイムズ・ストーンが立っていた。そのからだは憔悴《しょうすい》しきり、がたがたと震えている。背負ったバックパックはぎっしり詰めた〈カナリア〉ドローンでぱんぱんに膨れており、口をむりやりストラップで締めてあった。あれほど活気にあふれていたドローンの群れも、いまは内外の充電止まり木《パーチ》に止まり、充電されている最中だ。ストーンは目にぎらぎらと狂おしい光をたたえていた。ストーンのこんな眼差しを見るのは、ヴェーダラははじめてだった。

「最初のときと同じだ。もういちどピードモントと同じことが起ころうとしている。われわれは全員、もう死んでいるにちがいない。ぼくはもう死んでいるにちがいない――」

「死んでなどいないわ、ジェイムズ」ヴェーダラが凛《りん》とした声で答えた。

　気にいらなかった。ストーンはしきりに浅い呼吸をしている。その目は落ちつきなく、不思議に立ったままのブリンク軍曹の遺体を見つめ、あちこちを落ちつかない視線で舐《な》めまわしている。

「前回とまったく同じわけじゃないのよ。ここを見なさい。しっかりと」

ヴェーダラは慎重にブリンクのシャツを引っぱり、裂けた部分の布地を引きはがした。あらわになった肩の皮膚を見たとたん、ポン・ウーが息を呑んだ。ゴムノキが分泌する乳液に接触した部分で、血液を失った肉体が樹皮に融けこんでいる。

ブリンクの死体はゴムノキに融合しつつあったのだ。

ヴェーダラはボイスレコーダーを口に寄せ、新たな恐怖の源を前にしても動揺することなく、臨床的な口調で状態を説明した。

「ゴムノキから分泌される天然ゴム《ラテックス》の乳液が分解しつつある。ＡＳ‐２樹脂分解体《プラスティファージ》に感染したらしい。オリジナルのワイルドファイア研究所において第五レベルの汚染が発生し、気密ガスケットが分解されたときと同じ状況だ」

ヴェーダラはいったんことばを切り、何度か深呼吸をして息をととのえた。それから、

「加うるに、犠牲者の血液凝固は、アリゾナ州ピードモントの住民を死なせた致死性ＡＳ‐１、あれに感染した人間の特徴と一致する」

ふたたび、間を置いた。

静寂の中、無数の昆虫の鳴き声が大きく響いている。このとき、四人の科学者は全員、密林の中で心細さにさいなまれていたにちがいない。なにしろ、周囲何千キロもの彼方まで、ただ密林のみが広がり、助けがくる見こみも、安全が確保される望みも、まったくないのだから……。

ヴェーダラはつづけた。

「このことは、ＡＳ‐１とＡＳ‐２双方の特性を併せ持つ、新たな変異体が発生したことを示している。ラテックス乳液と接触した犠牲者の皮膚には、はっきりそれとわかる変化が見られる。双方の物質は、まるで……融合しているようなのだ。そして、皮膚にも樹皮にも、六角形の硬い突起が見られる。突起を構成するのはグレイの微粒子らしい。おそらく金属質だろう」

ここでオディアンボが、宝石職人のルーペによく似た、地質学調査用の折りたたみ式レンズをケースから引きだし、樹皮を拡大してじっくりと見た。

「この六角形のものは、特異体の画像で見たパターンの縮小版だな。顕微鏡で見るアンドロメダ因子の最小基本構造はこれと同じ六角形パターンを持っている」

オディアンボは折りたたみ式レンズをパチンとケースにもどし、ポケットにしまった。

「それで、検屍の結論は？」ウーが問いかけた。

「わたしとしてはクライン博士の見解に同意せざるをえないわね」答えたのはヴェーダラだった。

「ここに出現したものは、ＡＳ‐１でもＡＳ‐２でもない、両方の特性を兼ねそなえた変異体よ。わたしの最良の仮説は、ここで目《ま》のあたりにしているのが、アンドロメダ因子の新たな進化だということ。便宜上、クラインがいっていたように、これをＡＳ‐３と呼びましょう。いまのところ、これを理解する手がかりはほとんどないわ。わかっているのは、先立つ二種両方の恐ろしい特性を併せ持っているということだけ。ＡＳ‐３は接触した血液を凝固させ、プラスティファージとしても作用するうえ、原材料をなんらかの金属的な物質に変換してしまう」

樹が落とす影の中に立っていたジェイムズ・ストーンは、どうにか自分を落ちつかせることに成功したらしく、低い声で口早に意見を述べた。

「どんな特性かの分析はたいへんけっこうだがね、ニディ、ここで生き延びようと思うのなら、ほんとうに重要なのは、ブリンクがどんな形で感染したかじゃないのか」

ニディ・ヴェーダラはしばし黙りこんだ。ここからでは見えない太陽が樹々の天蓋の上へ昇っていくにつれ、密林の蒸し暑さが増していくのがわかる。やっとのことで、ヴェーダラは答えた。論理的・科学的な思考過程を通じて、ようやく平常心を取りもどしてからのことだった。

「いい質問ね、ジェイムズ。ブリンクの皮膚をおおう反応抑制剤被膜はまだ有効だったわ。であれば、このアンドロメダ変異体は、前二種とは反応しないでしょう。鼻腔と口腔《こうこう》には微粒子の痕跡がなかった。したがって、ＡＳ‐３を吸入したか、粘膜から吸収したという可能性はなさそう。襲撃者たちとちがって顔面の変形も見られない。事実、すべての異常は、肩にひとつだけ受けた傷から広まっているようだから。傷口にＡＳ‐３を感染させた媒介物はなにか、それを探しはじめたほうがいいでしょうね」

「非生物媒介だな」オディアンボが要点を絞りこんだ。「その答えは、われわれの目の前にあると思うんだがね」

そういって視線を向けた先には、泥地の地面に落ちている石斧の、湾曲した斧頭《ふとう》があった。手製の斧頭は、暗い灰緑色にきらめいている。オディアンボは斧の木の柄《え》を軽くつかんだ。

「オディアンボ博士」ウーがいった。けげんな声になっている。「あなたはアマゾンに石はないといっていたと思うが?」

「ないとも、ほとんどね」オディアンボは斧を拾いあげた。「あるのは、はるばるアンデス山脈から運んでこられたものだけだ」

手袋をはめた手で、持った斧を慎重にひっくり返し、斧頭の表面に浮かぶかすかな六角形模様をじっくりと検分してから、オディアンボは語をついだ。

「しかし、この斧が石でできているとは思わない。石にしては軽すぎる。それに、打製石器にしてはあまりにも鋭利すぎる」

「ということは、まさか、あなた……」

ヴェーダラのことばは尻すぼみに消えた。オディアンボの含みに気がついたのだ。

「人間というのはみな、進取の気性に富むものでね、ヴェーダラ博士。適応力が高い。この道具は、ごく最近になって出現した素材で造られたものだろう」

「特異体から採ったのか」ウーが愕然とした声を出した。狼狽したようすで、額に片手をあててあとずさる。実態への理解がおよぶにつれて、その口から奔流のようにことばがあふれだした。まるで自分自身に語りかけているような口調だった。「そうだろう。そうだろうとも。先住民も人間だ。われわれと同じ人間だ。彼らはいちはやく特異体の存在に気づいた。そして、新しいテクノロジーの潜在的な供給源だと認識した。だから特異体を調べ、採掘し、それで斧頭や矢尻を造った。彼らに可能な形で活用して、暮らしを改善しようとしたんだ」

ウーは顔をあげ、ほかの科学者たちを見た。三人とも、ウーらしからぬ激情の表われを見て、一様に困惑の表情を浮かべている。

「しかし、すこしでも使いかたを誤れば、使用者はAS‐3の餌食になって死んでしまう」そういったのはストーンだった。「よくわからないな。なぜリスクを冒してまで、こんなに危険な素材を使おうとするんだ?」

「危険とは気づいていなかったからだろう。あるいは、気づいていたとしても、むしろプラスの側面と見なしていたのか」ウーはすこし冷静な声になって答えた。「たしかにこれは、狩猟には向かない。これで獲物を狩っても、感染で肉を食べられなくなる。しかし、防衛には向く。一撃で敵を殺せるのは決定的なメリットだ……相手が人であれ、ジャガーであれ」

「われわれの銃器を相手に、ああも果敢に攻撃してこられた理由は、それで説明がつくな」オディアンボが納得のいった声を出した。「彼らが攻撃を控えていたのは、たんに〝火力〟の優勢の問題でしかなかったわけか。しかし、ついに立場は入れ替わった」

「でなければ、怒りだろう」ストーンがいった。「彼らはわれわれのせいだと想定しているのかもしれない。あの……彼らの世界に侵入してきたものが。そしてその想定は、あながちまちがってはいない」

科学者たちはその場に立ったまま、しばしこの問題を考えた。

歴史的に見て、アマゾンの先住民はしばしば、西洋のように武器、信仰、社会基盤を〝発達〟させたことはないと考えられてきた。〝文明〟の定義は伝統的に、進歩の門番を自称する者らによって決定され、当地の先住民には文明ということばが荷の勝ちすぎるものとも見なされていた。

しかし、外界から隔絶された彼らが身近に新たな素材を見いだしたとき、本能的にしたことは、原始的な衝動に駆られて逃げることでも、破壊することでも、ただ無視することでもなかった。ヒトならではの本能にしたがい、利用したのである。

特異体はすでに、先住民に強烈な影響をもたらした。その影響を媒介したのは、好奇心に自己利益の追求という、ヒトに普遍的な特徴だ。政府の衛星が空から落ちてくるのを見たアリゾナ州ピードモントの一医師が、中になにがあるのかを見ようとしてカプセルをこじあけたのと同様の構図だった。アマゾンの密林にこの種の死をもたらしたのは、人間による過ちにほかならない。それは前にも起こったことだし、近い将来、自分たちが〝文明化〟されていると思いこんでいる人間たちにより、ふたたび引き起こされるだろう。

空気のよどんだこの密林の中、地球でもっとも聡明な頭脳を持つ人間のうちの四人は、人類史にとって最大の脅威と向きあうべく、あらためて自分たちの置かれた状況を見つめなおした。ワイルドファイア・フィールド・チームには、二千年にわたって反復的に進歩してきた科学という武器がある。各々のバックパックには、最先端科学の機材がぎっしりと詰めこまれている。各人はそれぞれの卓越した知識に信を置き、自信を持ってもいる。この瞬間にいたるまで、チームの者は自分たちが密林の〝剽悍《ひょうかん》なインディオ〟よりもずっと進んでおり、対策もできていると思いこんでいた。

しかしいま、彼らはそれがたんなる錯覚でしかなかったことに気づきつつある。

外界から切り離され、ガイドもおらず、密林で生き延びるための知識もないままに、ワイルドファイア・チームはいま、全滅の危機に瀕しているのだ。

最初に口を開いたのはジェイムズ・ストーンだった。

「なにはともあれ、司令部と連絡を取ることだな。ぼくの秘蔵ドローンはなくなった。付近には空が見える開けた場所がない。とすれば、選択肢はただひとつ……」

ヴェーダラがあとを受けた。

「ミッションを続行するしかないわね。衛星との通信ラインを確保するためにも、特異体付近の空き地にいく必要があるわ」その声はしだいに権威を感じさせるものになっていった。「つまり、わたしたちの唯一の希望はそこにあるということよ。スターン将軍なら増援を手配することも、救援隊を送ってくることもできるでしょう」

ポン・ウーの表情は、はたしてそれをあてにできるだろうかと思っていることをうかがわせた。のちに回収された〈カナリア〉ドローンの映像には、このとき彼女が両手をポケットにつっこんでいるようすが映っている。どうやらひそかに、なんらかの物体を握っているようだ。それはほぼ確実に、致死性神経毒の小瓶を収めたプラスティック・ケースだったにちがいない。ここでポン・ウーは口を開き、なにかをいいかけたが——おそらく、ほかの科学者たちに自分が発見したもののことを打ち明け、警告しようとしたのだろう——そこで突然、信じがたい事態が起きた。そのため、有意義であったかもしれないことは口に出されぬままとなった。

「みんな、聞いてくれ」オディアンボがいった。「そのまま、じっとして。どうかパニックを起こさないように」

「いったいどうしたの、ハラルド？」不安の面持ちで、ヴェーダラがたずねる。

老齢のケニア人は、目の前の林縁《りんえん》にあごをしゃくった。

「お客さんだ」

全員がいっせいに、そちらへ顔を振り向けた。

そこに見えたものは、小さな赤い顔だった。傾いた樹の幹の、なかほどの高さのところにある枝葉の陰から、一対の目がこちらを見おろしている。

それは子供の顔だった。男の子のようだ。

その頬には赤いベニノキ《ウルクム》の染料が塗ってあった。乾いた染料のあいだに縦の条《すじ》が生じているのは、涙を流したあとにちがいない。

以後、彼はワイルドファイア・チームと行動をともにすることになる。ここに、五人めの同行者が加わったのだ。

18　破局のシナリオ

現地から西へ千六百キロ。空母打撃群はなおもペルー沿岸にとどまったままだ。USSカール・ヴィンソンの飛行甲板には、選びぬかれたパイロットが乗るF／A‐18Eスーパー・ホーネット戦闘攻撃機四機からなる飛行隊が、いつでも発進できる態勢をととのえて待機している。

真夜中を迎えるころ、いっさい標章をつけていない二機のV‐22オスプレイ輸送機が、全体にずんぐりした、先端の丸い貨物を運んできた。空中停止した二機から最初に飛びおりてきたのは、いっさい口をきかない男たちだった。どの男も、軍の徽章《きしょう》はいっさいつけていない。男たちはそのまま甲板に待機し、空中に浮かぶ機から、垂直補給方式《VERTREP》で甲板へ貨物を降ろしにかかった。貨物の処理はこの男たちだけに許されている。

当直の海軍航空武器整備員《オードナンス》にとって、これは驚愕の事態だった。古参の〝整備師《オーディー》〟たちは、四機からなるエリート飛行隊の基幹要員の一部であり、航空機自体はもとより、チームのパイロットたちについても自分たちに責任があると感じているからだ。しかし、命令は命令だった。ゆえに、赤いシャツを着た整備担当の男女は、釈然としない思いをかかえたまま、艦橋《アイランド》の基部に立ち、ぶつぶつ不平を言いあい、こっそりタバコを吸ったりしながら、(註7)ほんとうなら自分たちが行なうべき仕事を謎の部外者たちがするさまを眺めていた。

ミサイルを思わせる、先端の丸い貨物は、各F／A‐18E翼下の取付部《ハードポイント》にぴったり合うように造られていた。各〝ミサイル〟は手早く翼下に取りつけられていく。一機につき、四基ずつだ。それぞれにブースターを装備したこの〝ミサイル〟の中身は、純粋なセルロース系アンドロメダ反応抑制剤の液状版で、一機あたりが搭載していく液体の総重量は三〇〇〇キロちかくに達する。いまだ試作段階のこの物質は、公式には存在を明らかにされていない。ましてや、それを標準的兵装として戦闘攻撃機に組みこめる形にしたことは、極秘中の極秘だった。

〝配送〟チームは、その日ずっと、交替しながら飛行甲板で見張りに立ちつづけた。飛行士用のミラーグラスをかけ、武器を手にした男たちは、口がないかのように、いっさいことばを発しない。その間に、空母の戦闘指揮所で新たな発進待機命令が出された。

その結果、〈フィリックス〉飛行隊が発進態勢を維持するのは、深夜から午前六時までとなった。

この間に、命令さえあれば、スーパー・ホーネット飛行隊はただちに轟音を発し、空母搭載の蒸気カタパルトで――風向きを考慮し、この場合は艦首側のカタパルトで――加速され、発進することになる。一機、また一機と飛びたつ戦闘攻撃機は、編隊を組み、東へ、アマゾンの奥地へと向けて、ひそかに飛行するだろう。四機の存在は、十以上もの条約を破ってしまう。そのなかには、合衆国と各国のあいだで一八二八年に結ばれた強固な平和友好条約も含まれていた。利他的な意図からとはいえ、他国の領土に許可なく軍事力を送りこむことは、戦争行為としか見なされない。今回の秘密ミッションは明らかに、国連憲章で規定された侵略の定義に該当するものだ。それだけに、発進命令が出されずにすめば、それに越したことはなかった。

スーパー・ホーネットはマッハ1・6の最高速度を誇る。ただし、それは兵装がない状態での話で、兵装を積んでいれば、とてもそんな速度など出せはしない。出せる速度は推定でマッハ1。かりにこの速度で飛びつづけられるとすれば、目標へは三時間四十分で到着する。したがって、〈フィリックス〉飛行隊が深夜に発進すれば、現地で地獄を作りだす準備がととのうのは夜明けになる計算だった。

アンドロメダ反応抑制剤の空中投下により、特異体を封じこめようという土壇場での最後の一手は、国際紛争を引き起こす可能性が高いにもかかわらず、ワイルドファイア規約に照らしてみれば、もはや必要不可欠の処置だった。反応抑制剤を投下し、アンドロメダ構造の表面を不活性被膜で包むことができれば、特異体の拡大を食いとめられる望みはまだある。この作戦行動にまつわるさまざまな国際関係上のリスクは、その脅威を封じこめられなかった場合にアンドロメダ

註7　驚いたことに、合衆国海軍の水上艦艇では喫煙が許容されており、当面はその状態がつづくと見られる。連邦法により、すべての海軍艦艇においては、紙巻きタバコおよび刻みタバコの販売が義務づけられているからだ。一九九〇年代におけるタバコ産業の強力なロビー活動の結果だった。合衆国海軍艦艇上で喫煙を禁止するには、議会での法案成立を待たねばならない。

感染がもたらしうる深刻なシナリオを考えれば、充分に許容できるものだろう。

以下に掲げる終末論的シナリオの分類は、一般にアンドロメダ事件と関連づけられる秘密報告書において、アンドロメダ微粒子の拡散と分散の可能性に関し、一国家にとどまらない予測を述べたものである。

シナリオA（六五％）：局所的破局

極度の気候災害や小型隕石落下に相当する規模。伝染性の粒子は拡散するものの、隔離地域内に封じこめられる。

死亡者数：一〇〇人〜数万人。

シナリオB（二一％）：地球規模で人口減少

地球規模の熱核戦争に相当する規模。微粒子は地球全体に拡散するが、事前準備が功を奏するか、あるいは運がよかったかで、死亡者数が最大一億程度に収まり、各国政府機構は存続する。

死亡者数：一〇〇万人〜一億人

シナリオC（　九％）：文明の崩壊

小惑星落下の衝撃や、火山の噴火が地球の温暖化を急激に促進させるのに相当する規模。世界じゅうの人間が大量に死亡し、政府のインフラは破壊され、人類は前テクノロジー時代に逆行する。

死亡者数：数十億人

シナリオＤ（四％）：人類のみ壊滅

生物戦争による疫病の蔓延に相当する規模。アンドロメダ微粒子の兵器化と、兵器化して使用した国家が予防ワクチン開発を失敗したことによる、人為的災厄。人類は死滅、またはほぼ死滅するに等しい状態に陥るが、人類以外の生物に害がおよぶことはおそらくない。

生存者数：一〇、〇〇〇人〜一〇〇、〇〇〇人

シナリオＥ（一％未満）：生物圏壊滅

天文学的スケールでは〝近い〟宙域でのガンマ線バースト発生に相当する規模。蔓延したアンドロメダ微粒子は、手を加えられた変異体であれ、〝天然〟の変異体であれ、地球全体に広まり、ありとあらゆる種類の生物から満遍なくエネルギーを吸収して、惑星の生物圏を徹底的に滅ぼしつくし、地球を生命なき岩塊に変えてしまう。生き延びるのは、非惑星上に（国際宇宙ステーションほか、軌道をめぐる人工衛星／構造物に）残留する少数の人間と、わずかな生物サンプルのみとなる。もっとも、生き残った者たちも長くは存続できない。

人間生存者数：数十人～数百人

シナリオF（〇・〇一%未満）：惑星壊滅

前代未聞の規模。相当しうるとすれば、約七六億年後、死にゆく太陽が巨大に膨れあがり、地球が迎える終局のレベルか。理論上は、ナノ微粒子が無限増殖して〝灰色の泥塊《グレイ・グー》〟化するシナリオも成立しうる。アンドロメダ因子が他の物質を消化し、純粋なエネルギーに変換することは、実験でたしかめられている。この過程が野放図にくりかえされれば、惑星地球の全質量が消化されることもありうる。

生存生物個体数：〇

19 剽悍な先住民《インジョス・ブラーヴォス》

ワイルドファイア・チームのメンバーたちは呆然として少年を見つめた。少年は見つかったことに気づいたらしく、樹を降りることにしたようだ。用心深く隠れ場所から降りてくると、いつでも逃げられる体勢をとりながら、地面に露出した樹の根と根のあいだにおずおずと足を降ろし、距離をとって科学者たちと向きあった。

　年齢は十歳くらいだろうか。足ははだしで、肌の色は茶色、黒髪は後頭部を刈りあげており、肩には軍用の負い革のように手製の縄をかけている。赤い染料を頬に塗ったまま、少年は小さな胸を張り、誇らしげに立っていた。片手には杖のように吹矢筒を持っている。筒は少年の背丈の倍の長さがあり、一端は地面の泥に食いこんでいた。

　少年は自分に出せるかぎり、もっとも恐ろしい雄叫《おたけ》びを発すると、吹矢筒を持っていないほうの手で〝立ち去れ〟というしぐさをした。

　右も左もわからない密林に取り残された四人の科学者には、どう対処していいのかわからない。

それでも、検屍していた遺体のそばに立ったまま、少年からは目を離さないように努めた。そして、本能的にゆっくりと動き、静かに話しあうように心がけた。両手はあえて見えるようにしておく。

「感染していないな――ぼくにわかるかぎりでは」ストーンがいった。

「おそらく、幼すぎて、感染した武器に手を触れていないんだ」ウーがいった。

ハラルド・オディアンボが両手をかかげ、手の平を少年に見せるようにしてあとずさりだした。その顔には悲しげな笑みが浮かんでいる。

「しばらく、この場から離れたほうがよさそうだ」話しかけた相手はほかの科学者たちだ。

「なぜ？」ヴェーダラがきいた。「十歳くらいの男の子よ。脅威にはならないわ」

ケニア人科学者はおだやかな声で答えた。

「われわれは遺体のそばに立っている。その遺体は、あの子がよく知っている人物のものだろう。父親か叔父かもしれない」

これを聞いて、一同はそろってあとずさりだした。

少年は倒れている男にそろそろと歩みよってきた。亡骸《なきがら》のそばでひざまずき、額を地面にすりつける。顔をあげた少年は目に涙をあふれさせ、胸をわななかせていた。純然たる悲しみの表情で、唇がひどく歪んでいる。

科学者たちはすこし離れたところから少年を見まもった。

「死体にさわらせないほうがいいな」ストーンがいった。

「どうやってやめさせるの？」ヴェーダラがたずねる。

「ぼくに考えがある」

「あなたはいつもそれね」ヴェーダラが皮肉で応じた。

ストーンはやさしい声で少年に語りかけた。だが、それは少年を警戒させ、ふたたび威嚇の声をあげさせただけだった。少年は遺体を守るようにかがみこむと、ぐったりと動かない手を引っぱり、遺体を動かそうとした。だが、少年の力ではどうにもならない。

両の手の平を見せたまま、ストーンは数歩、ゆっくりと少年に近づいた。警戒と恐怖の表情で、少年がさっと立ちあがる。ストーンはさらにゆっくりとした動きで、背中のバックパックに手を伸ばし、外部充電止まり木《パーチ》から一機の〈カナリア〉ドローンを取りはずして、目の前に持ってきた。

いっぽうの手の平を上に向け、そこに小型の黒い機械を乗せて、少年のほうへ差しだす。四基のローターが回転しだし、ぼやけて見えなくなると、少年は疑念に目をすがめた。ドローンの下部から空気の流れが広がっていく。これですこしは安心してくれればいいがと思いながら、ストーンは小さくほほえみかけ、手をおろしてあとずさった。

〈カナリア〉ドローンは同じ位置で、少年の目の前の空中に浮かんだままだ。

少年が大きく目を見開いた。あれは驚愕と好奇心の目だ。とまどいぎみに、ちらちらと科学者たちを見ながら、少年はこの奇妙な鳥がもたらす危険の度合いを測ろうとしている。

ドローンはじりじりと、瞠目《どうもく》する少年に近づいていった。

これで一時的に注意を引きつけられたと判断して、ストーンは首にかけたタブレットをはずし、ヴェーダラに手わたしてから、低い声で一同にいった。

「すべての〈カナリア〉のセンサーが取得する情報は、このタブレットに集約される。カメラの映像もだ。これを使って、あの子が感染していないかどうかをたしかめてくれ。これから何分か、ぼくは手が放せなくなる」

疑わしげな表情ながら、ヴェーダラはうなずき、カメラからの入力を赤外線映像に切り替えた。まず、少年の体表温度を測り、感染を示すひときわ顕著な特徴はなんだろうと、声をひそめてポン・ウーと相談しだす。

いっぽうストーンは、バックパックから黒いプラスティックのブロックのように見えるものを取りだした。耐衝撃性にすぐれたラップトップ・コンピュータだ。ロボット工学者は地面にすわりこみ、画面を開いてキーボードをあらわにすると、バランスをとってひざの上に載せた。

そして、猛然とキーをタイプしだした。

ヴェーダラは画面上でアップになった少年の顔を観察し、鼻と口にズームインしてじっくりと見た。そこに見つけたものを、顔はあげないまま、声をひそめてほかの科学者たちに報告する。

「おとなの襲撃者たちとちがって、口や鼻のまわりにグレイの灰は見られないわね。表皮にも、金属的な突起の徴候はないわ」

そこでヴェーダラは、タブレットごしに少年を眺めた。少年は倒木の上に立ち、警戒しつつも、目を輝かせて〈カナリア〉ドローンを見つめている。と、ドローンが少年の周囲をゆっくりと旋回しだした。少年はいまにも飛びはねそうな、どこか仔猫を思わせる表情になった。

「運動協調性にも問題はなさそう」ヴェーダラはつけくわえた。

ストーンは両ひじをラップトップの左右へ不格好に突きださせ、依然、入力をつづけている。ウーは残していくハードケースのひとつをあさっているところだ。サンプル採取袋を回収しているのだろう。三メートルほど離れたところでは、オディアンボが腰をかがめ、こめかみから汗をしたたらせながら、小型の携帯シャベルで地面に穴を掘っていた。

「ハラルド、なにをしてるの？」ヴェーダラはたずねた。「あなたの手を借りたいのに」

オディアンボは密林の泥質の土にかがんだまま、ヴェーダラに顔を向け、まずは少年のそばの遺体に、ついでドローンに気をとられている少年に視線を向けた。

「ああ……」ヴェーダラは老科学者の意図を悟った。

深刻な科学的使命に没頭するあまり、つい失念していたが、ここで失われたのは、人間の命なのだ。こういった視点を維持しているオディアンボは、やはりたのもしい。それはヴェーダラが持っていない強みだった。

「ストーン。そちらはどう？」ヴェーダラは問いかけた。「あの子、そういつまでも、あのばかげたドローンに釣られていてはくれないわよ」

ストーンはコンピュータから顔をあげずに答えた。

「きみがいう〝あのばかげたドローン〟は、いろいろな能力を持つ高度なロボットでね。搭載機器としては、カメラ、マイク、小型スピーカーを備える。それに記憶容量の豊富な人工知能《AI》も」

「だから？」

「あの子がしゃべるときの手の動きに気がついてるか？　あの子が使っているのはパーノ語の下位方言だと思う。マチース族のガイドが使っていたことばの近縁だ」

「それがわかったのはいいけれど、ここにパーノ語がわかる者はいないわよ。アマゾンの外では、だれもこの言語を聞いたことがないんだし。彼らは未接触部族なの、忘れた？」

「未接触でも、歴史上のどこかで接点がなかったわけじゃない。どんな人間もそうだ。彼の言語には、地元のほかの方言と共通する要素がたくさんあるにちがいない。とにかく、もうすこししたらわかる」

ストーンはヴェーダラを見あげ、子供のように純真な、心から楽しそうな笑みを浮かべてみせた。そして、ラップトップのキーのひとつをたたいた。

「ぼくには専門のことしかわからない。それは認める。しかし、ぼくのロボットたちはそうじゃない。ここには汎用《はんよう》音声認識システムと、広範な身ぶり認識ライブラリーを持ってきている。おまけに、ドローンのスピーカーは診断モードで、いまは入力テキストを読みあげる音声合成システムにつながっているから――」

「待った」横からウーがいった。バックパックから抜きだし、周囲の地面に散らばった中身から目を離して、こちらを見ている。「あのドローン、音声認識ができるのか？　〝ことばを話す〟ことも？」

ストーンは一同にほほえみかけた。

「われわれの小鳥はね、これから通訳を務めるのさ」

「なるほど。これはうまい手を考えたものだ、ストーン博士」オディアンボがほほえみを浮かべ、うなずきながらいった。「あの少年も鳥になら口をきくだろう。鳥がメッセンジャーを務めるのは、あらゆるインディオの神話に見られるモチーフなんだ。じつにいいアイデアだよ」

「信じるのは、首尾を見てからにするわ」ヴェーダラがつぶやいた。

「最初にたずねるべきは」ウーがいった。眉根を寄せているのは、新たな潜在的利点をどう活用したものか、真剣に考えているからだろう。「どうしてその子だけが生き延びられたのかだな。同行の部族の者はみんな感染していたというのに、なぜその子だけが平気だったのか。われわれ全員が助かる鍵はそこにあるかもしれない」

十メートルほど離れたところで、少年が宙に浮かぶドローンに手を伸ばす。するとドローンは、ひょいと動いて手から離れる。障害物回避機能が反射的に実行されているからだが、その優美な動きが、少年には楽しくてしかたないらしい。それから三十秒のうちに、少年は〝鳥〟をつかまえようとするささやかなゲームに興じだした。

科学者グループは真剣な顔で少年のようすを見まもった。少年の知識は、彼らにとって、かけがえのないものになるはずだった。

ストーンは打鍵ラッシュのフィニッシュに入り、ダークブルーの目をじっと画面にそそぎつつ、猛烈な速さで防水キーボードに指を躍らせた。ニディ・ヴェーダラはそのさまを見まもるうちに、土壇場で追加されたこのストーンという男、技術面での適応力に鑑みれば、じつはこのミッションにふさわしい人材だったのではないかと思いはじめていた。彼女が以前から尊重してきた知識がしまいこまれているのは、ほかの科学者たちの場合、頭の中だ。しかし、このロボット工学者の場合は、自分のスキル・セットを外へ――自分が携行しているテクノロジーへ拡張させているように思える。

「オーケー。はじめようか」ストーンがいった。

ゆっくりとした動きで、〈カナリア〉が少年の手のとどくところまで降下した。そして、診断ランプを一定のパターンで明滅させはじめた。少年は気をそそられたのか、ドローンをつかもうとするのをやめ、興味津々のようすでランプを見つめている。そこでドローンは、少年の目の高さまで降下し、さえずるような音を発した。スピーカーのテストだ。少年はぎょっとして、ドローンに険しい顔を向け、倒木に背中をあずける形で地面にすわりこんだ。

ストーンは大きく深呼吸をすると、ラップトップの画面を両手で持ち、静かな声でマイクに話しかけた。

「やあ。きみの名前は?」

ラップトップの汎用翻訳ライブラリーが、この英語をブロークンなパーノ語に変換し、一連のことばをドローンのテキスト読みあげ音声合成システムに転送した。半秒後、〈カナリア〉のスピーカーから、マチース族のガイドたちがしゃべっていたのにそっくりの、一連の音声が流れ出た。ストーンが合成音声に選んだのは、若い男の声だった。少年には若い男の声のほうがとっつきやすいだろうと思ったのだ。しかし、いかにもコンピュータ合成的な音声は、むしろ奇異に聞こえる恐れもある。

案の定、少年の顔に驚愕と警戒の色が浮かんだ。

少年は急いで立ちあがり、〈カナリア〉から離れ、宙に浮かぶ機械を困惑の表情で見つめた。ついで、ドローンから目を離し、まっすぐに科学者たちを見つめた。片手をゆっくりと上に持ちあげ、その手を剝きだしの胸に触れる。

二回触れてから、少年はいった。

「トゥパン」

20　最初の接触

「本格的にはじめる前に、全員に警告しておかねばならないことがある」オディアンボが厳格な口調でいった。「これは最初の接触であり、トゥパンはまだ少年だ。ほかに選択の余地がない以上、彼と話をしなければならないことは理解できる。しかし、われわれは福音をもたらしにきた者ではない。われわれはみな、彼にとって最悪の敵でありうるんだ、いくらこちらに善意しかなくともね」

ジェイムズ・ストーンは厳粛な顔でうなずき、画面にかがみこんで、〈カナリア〉の音声認識インターフェイスに最後の調整を行なった。少年が独特の言語でしゃべりつづけるにつれ、音声ライブラリーは自動的に、汎用翻訳ライブラリーにある五つ以上の関連しそうな方言を検索し、認識不能語と推測可能語を振り分け、該当しそうな単語のネットワークを構築していく。

わずか十分程度の会話で、共通単語の基盤が成立しはじめた単語の用例には、実在する方言のそれとほぼ一致するものもあったし、まったく異なるものもあった。

少年は少年で、ドローン独特の機械的なアクセントを急速に把握しつつある。意味を推し量るのに長《た》けていると見えて、適応する方言がまちがっていても、発音が不適切でも、ちゃんと斟酌してくれるようだ。このずばぬけた問題解決能力からオディアンボが立てた仮説は、マシャード族は基本的に孤絶した暮らしを送っているが、折にふれて外界の者たちが接触していたにちがいないというものだった。

もっとも、トゥパン少年の物覚えがきわめていいことは、けっしてマイナスにはならない。ヴェーダラは腕組みをし、画面を見てやりとりをするストーンとオディアンボを眺めながら、けっしていらいらしないように努めた。バックパックの準備はできており、朝靄《あさもや》は晴れつつある。この少年用に、食料等の追加もすませてあった。最初の接触がデリケートであることは承知している。少年の知識がかけがえのないものであることも理解してはいる。しかし、朝陽が昇って、陽射しが強まりだすにつれ、一刻も早く出発しなければという焦りが強くなっていくのもたしかだった。

なんとしても特異体に到達し、合衆国北方軍《NORTHCOM》との連絡を再確立しなくては。ここまでの行軍を通して、密林の天蓋には、衛星との無線通信を確立できるほどの隙間がひとつもなかった。最後にしてもっとも有望な場所は、特異体周辺の空き地だけだ。

正午までにスターン大将と連絡がつかなければ、おそらくチームは全滅したものと見なされ、ミッションは失敗したと判断されるだろう。およそありえない話ではあるが、突如として核の炎が隔離地域に炸裂し、超音速の爆風が密林を薙《な》ぎ倒しながら押しよせ、血液を沸騰させる高熱の前線が襲いくる――そんな世にも恐ろしい光景を、ヴェーダラは脳裏から締めだすことができなかった。

少年とロボット工学者のやりとりを聞くとはなしに聞きながら、ヴェーダラが今後の行動を考えているあいだに、ポン・ウーは自分の荷造りをおえていた。試料とポータブル分析キットは梱包ずみで、いまは午前なかばの朝食を広げようとしているところだ。どれも軍用の携帯糧食なのは、持っていくには重すぎるからだろう。

彼女のものも含めて、すでに三つのバックパックは、いつでも背負える状態になっている。四つめはジェイムズ・ストーンとハラルド・オディアンボのそばにあるパックで、これはまだ口を閉じていない。試行錯誤しながらトゥパンとの会話を処理しているラップトップをしまわねばならないからである。それに、ラップトップはバックパックの搭載バッテリーを電源にしていることでもある。

ウーは作業をしながら、ほかの科学者たちに目を配り、だれがいちばん信用できるかを見きわめようとした。

「一刻も早く出発しなくては」静かな声で話しかけた相手は、ヴェーダラだった。「それに、あの子をどうするかも決めねばならない」

ヴェーダラはうなずいた。

トゥパンは曲がりくねった樹の根にすわり、吹矢筒をひざに載せている。宙に浮かぶドローンに静かな声で話しかけるのに夢中で、ほんの十メートル離れたところにいる人間の一団には――

肌の色はさまざまだが、自分の同族ではないことが明らかな人間の一団には――ほとんど目もくれない。

少年は今朝の交戦でまだ動揺しているようだったが、それでも口をきく魔法の鳥の質問によく応えてくれていた。交流がはじまってまもなく、少年はドローンのことを〝サッシ〟と呼ぶようになっている。（註8）

この〝鳥〟が魔法の存在であれ、科学の存在であれ、なんのちがいもありはしない。

少年は両手でなにかが破裂するようなしぐさをしながら、爆発音のような音を口まねし、音節がぶつぶつ切れる自分たちの言語で先をつづけた。

〈カナリア〉はときおりスピーカーで語りかけ、カメラで少年のしぐさを注視し、マイクを通じてことばに耳をすます。そして、ストーンのラップトップがそれを英語に訳し、一同に伝える。

訳されたことばはこういうものだった。

〝それは大きな音ではじまった〟

註8　〈カナリア〉ドローンはブラジル先住民の多くの部族に広まったある神話にぴったりとはまる。トゥピ＝グアラニー語族の民話に登場するサッシ＝ペレレは、赤い帽子をかぶり、火のついた赤く輝くパイプをくわえた、いたずら好きの子供の精霊で、なかなかつかまえられない鳥、マチタペレに変身することで知られる。実在するこの鳥（セスジカッコウ）は、鳴き声は聞こえても居場所を見つけにくいことで定評のある鳥だ。トゥパンは〈カナリア〉ドローンのバッテリー残量表示ＬＥＤが放つ赤い輝きを上記のパイプととらえ、ドローンが宙に浮かんでいることから、これを鳥の一種と見なしたのだろう。

以下に文字起こしした原稿は、〈ブラジル翻訳表現協会《トランスリングア・エスプレサール・ド・ブラジル》〉担当チームによって補完されたものである。テクノロジー面では、ウェスト・ポイントの合衆国陸軍士官学校の学生らにより、パメラ・サンダーズ博士の指導のもと、（音声および映像データ再構成において）高度なサポートを受けた。

以下の記述は言語だけではなく、身ぶりの解釈にも基づいている。これにはＣＩＡが資金を提供した汎世界翻訳ライブラリー《ユニバーサル・トランスレーション・ライブラリー》（ＵＴＬ）の民間向け部門、および身ぶり認識エンジン分析《ジェスチャー・リコグニション・エンジン・アナリシス》（ＧＲＥＡｎ）装置が関与している。選択された語彙《ごい》には推測でしかないものも含み、完全な翻訳は保証されない。逐語訳の全原稿、またはオリジナルの音声および映像ファイルにアクセスするには、合衆国国家歴史登録財局《ナショナル・ヒストリック・レジスター》に連絡されたい。

どうやってここにきたの、トゥパン？

三［日‐太陽］前。すべてがよかった。わたしたちは［家族の‐共同の］マロッカ小屋のあいだを、川にそって移動していた。わたしの［叔父たち‐年長の男たち］は土手で［亀の］卵を掘っていた。歩いて一日のところで。わたしは手伝っていた。

そのとき、大きな咆哮が聞こえて、密林が揺れた。雨のにおいのしない雷が落ちたようだった。

そのとき、きみたちがしたことは？

わたしたちは待った。叔父がいった、あれは怒った神の声だ。ほかの男たちは考えた、あれは狩りをする大ジャガーの咆哮だ。わたしはとても［怯えた‐心配した］。咆哮はわれわれの家族の［夜営地‐家］の方向から聞こえてきた。

密林が静かになった。

男たちも静かになった。そのとき、わたしたちは聞いた。とても［かすかな‐遠い］……叫びを。恐ろしい叫びを。わたしは祈りはじめた。また叫びが聞こえた、こんどはもっと近くから。わたしは自分の頭をひざのあいだに埋《うず》めた。まわりじゅうで恐ろしい音がしている。［高い天蓋の中の］光が暗くなった。木の枝が大きく揺れた。木の葉がたくさん落ちてきて、わたしたちの頭をおおった。そのあと、サルの［大集団‐群れ］が頭上の樹々を通りすぎていった。大きな声で鳴きながら。サルたちはなにかから逃げていた。

わたしは［幸せ‐安堵］を感じた。それがただのサルだったから。男たちは怒っていた、［わたしたちが］吹矢筒しか持っていないことを。樹のあいだを［よい肉が］動いていくのに。

そのとき、なにかおかしなことが起きた。

サルたち［食料］の動きが遅くなった。のろのろと動いている。ふつうではなかった。何頭かが落ちてきて、地面に［大きな莢《さや》のように］ぶつかった。落ちたサルで息のあるものは、それでも［壊れたからだで］逃げようとしていた。パニックだった。しかも、サルだけではなかった。
密林じゅうの動物が逃げていた。

密林じゅうの動物？　たとえば？

サル。ナマケモノ。鳥と［ブタ‐ヘソイノシシ］。ヘビさえも。みんな逃げていた。

そのあと、きみたちはどこへ向かったの？

川にそって雷のところへ。しかし、川も逃げていた。土手は泥だらけだった。白い［ナマズ］が跳ねていた。われわれは［川の死体］にそって進み、密林の中に［悪霊‐悪いもの］を見つけた。
それは黒い山だった。口があって、煙と火を吐いていた。

［／以降、脇での会話／］

ウー

どうやら（……）爆発があったようだ。特異体付近で爆発があったという報告は？

ヴェーダラ　あるわ。なにかが当該地点上に灰の雲を吐きだしていたの。〈永遠の不寝番〉が注目している最中にね。その雲の特性がアンドロメダのそれと一致したので、ワイルドファイア計画が始動したのよ。

ウー　するど、まだ大気中に微粒子が浮遊している可能性があるのか。それがピードモントのときと同じくらい感染力が高い可能性も――

オディアンボ　あの子が動揺している。よけいな会話は慎もう。

［／脇での会話終了／］

男たちはそれからどうしようとしたの、トゥパン？

叔父はわたしにいった、あとに残れ、樹のあいだに隠れていろ。黒い山のそばでは、黒い灰が［遅い雨粒のように］または［ハコヤナギの種の綿毛のように］降っていた。ぽっかりあいた口からは煙が噴きだしていて（……）。［煙-灰］が男たちの目に入った。男たちは咳をした。わたしは彼らが、肺が燃えるようだとこぼすのを聞いた。あれは聖なる煙ではない。

地上には黒い石のかけらが散らばっていた。なかには表面がとげとげしたものもあった。男たちはそれを拾った。石は鋼鉄と呼ばれるものより縁《ふち》が鋭くて、硬かった。

石の薄片は使い勝手がよかった。叔父はすぐに、二本の斧の斧頭をその石と交換した。叔父は薄片が神々からの贈り物だと主張した。ほかのみんなは、ここは呪われた場所だといって、黒い山のかけらの黒い石にさわろうとはしなかった。しばらくして、みんなはサルたちのあとを追いかけた。その肉を回収するために。

悪い場所から離れられて、わたしはうれしかった。

具合が悪くなったのは、全員？　それとも、石に触れた者だけ？

わからない。わたしは亀の卵を持って［家に］帰された。叔父からは、われわれの家族に警告するようにといわれた。わたしは家に走った（……）しかし、マロッカにはだれもいなかった。ほかの者たちはどこかへいってしまっていた。あの雷の咆哮で怖くなったのかもしれない。そして、家には（……）家には、残されていた（……）

なにが？

もっとたくさんの石が。われわれのマロッカに。わたしは石にさわらなかった。ほかに［やはり］黒い口を訪ねた者がいたらしい。わたしは二晩、家にとどまって、待った。だれも帰ってこなかった。

［泣き声］

だいじょうぶだよ、トゥパン。ゆっくり話して。

わたしは家を出て、みんなを探しにいくことを決意した。

しかし、わたしは見た。みんなが（……）みんなが変わってしまったのを。みんなの顔には、［怪我が‐異常が］あった。そしてみんなは怒っていて、［戦《いくさ》］化粧をしていた。わたしは怖かった。わたしは樹のあいだからようすを見た。みんなは密林の［侵入者たち］のことを叫んでいた。みんなは敵を［発見した‐追跡した］。わたしも自分の顔に化粧をした。しかし、わたしはとても恐ろしくて、みんなには加われなかった。

そして、そのあとで（……）そして、そのあとで、みんなは［攻撃した‐戦った］。叔父は死んだ。ひとり残らず死んだ。みんな、平和的な人たちだった。みんなを狂気に駆りたてたのは、あの黒い山だ。あれがみんなを殺した。

かわいそうに、トゥパン。その黒い山がどこからきたか知っているかい？　それはどのくらい前からそこにあったの？

知らない。わたしは思う。あれは（……）［地獄‐黄泉《よみ》の国］からきた。あれは火を噴き、黒い煙を吐く。その煙は毒だ。あれはわたしの家族をつらい目に遭わせた。そしていまは密林を食っている。

ここにいる男女は、黒い山の動きをとめようとしているんだ。これ以上、だれもつらい目に遭わせないように。黒い山がどこにあるか憶えているかい？

憶えている。

そこへもどる道を憶えているかい？

（……）憶えている。

［／以降、脇での会話／］

ストーン　石の薄片が彼の共同家屋に残されていたとすると、住民はたぶん、全員、感染している。あの子が唯一の生存者かもしれない。

ヴェーダラ　倫理的にいって、あの子をこれ以上アンドロメダに暴露させてはだめ。それに、あの子がワイルドファイア計画に承認されていないことは明らかよ。連れていくわけにはいかないわ。

ストーン　［鼻を鳴らす音］特異体はあの子のリビングルームに鎮座しているのも同じなんだぞ。これは、どうするかを選ぶ、選ばないの問題じゃない、責任はぼくらにあるんだから。あの子はまだ十歳くらいじゃないか。保護してやらなくてどうする。

ヴェーダラ　いいえ、選ぶの。あの子がね。いっしょにいくか、ここにひとり残って同族を探しにいくか——どちらを選ぶかは、あの子が決めるの。

（……）

ストーン　わかった、ニディ。

ヴェーダラ　忘れてはだめよ、ジェイムズ——この密林はあの子の家なんだから。ここはあの子が属している場所なの。あの子自身の家からあの子を救おうと考えるのは、傲慢以外のなにものでもないわ。

ストーン

それはちがう。ここがあの子の家であったのは（……）アンドロメダに奪われるまでのことだ。あれはあの子の家族をも奪ってしまった。あの子はもう、どこにも属してはいない。

［／脇での会話終了／］

トゥパン、ここは安全じゃない。ここにいる男女はきみの友だちだ。みんなはきみの助けを必要としている。だが、ぼくらといっしょにいきたいか、いきたくないかは、自分で考えて選んでほしい。危険を離れてここに残っていたいかい？　それとも、ぼくらを案内して煙を吐く黒い山まで連れていってくれるかい？　ぼくらが悪霊と戦うのを手伝ってくれるかい？

（……）

［原稿終了］

〈カナリア〉ドローンの最後の問いかけを聞くあいだ、トゥパンはじっとすわっていた。その後、長いあいだ密林を眺めていた。考えながら、吹矢筒を指でなでている。ずっと上のほうでさやぐ

樹の天蓋をぬって、いくすじかの陽光が射しこんできており、トゥパンの頭上で昆虫が光の箭《や》を横切るたびに、きらきらと光が反射していた。

やっとのことで、トゥパンは〈カナリア〉ドローンごしに、ワイルドファイア・チームに目を向けた。そして、ジェイムズ・ストーンをまっすぐに見すえると、自分の胸に手を触れた。その目にはもう迷いは見られない。ついで少年は、〈カナリア〉に向かって口早になにかをいった。

半秒後、ラップトップが静かな声で、翻訳された音声を流した。

〝きみの名前は？〟

ストーンの顔に安堵の表情が広がった。ずっとすわりどおしのせいで痺れた脚で立ちあがり、よろよろと一歩を踏みだす。ついで、自分の胸に手をあて、感動でわななく声で、少年に対し、はじめて肉声で呼びかけた。

「ジェイムズ。ぼくはジェイムズというんだ。会えてうれしいよ、トゥパン」

ふたりが――中年の男と少年が――たがいに歩みよるのを見て、ヴェーダラは眉をひそめた。ストーンの声に含まれる、本心からの共感が気になったからだ。ロボット工学者は生き延びた少年の運命に深い共感をいだいている。子供のいない独身男性が見せるにしては、これは予想外の反応だった。この瞬間に、ストーンの顔に見てとれる強い感情の発露は、以後、ミッションが終了するまで、ずっとヴェーダラの心に宿りつづけることになる。

21 プランB

ランド・スターン空軍大将は、産業用グレードの照明スイッチを入れ、天井の蛍光灯が、一列、また一列と点灯していくのを見まもった。ややあって、アンブローズ高天井研究所の広大な空間全体が煌々《こうこう》と照らしだされた。スタジアム規模の広さを持つこの研究所は、シャイアン・マウンテンとして知られる堅い花崗岩《かこうがん》の山中の、地下八百メートルに設けられたものだ。

シャイアン・マウンテン空軍基地は、かつて北米航空宇宙防衛司令部（ＮＯＲＡＤ）が置かれていたところだが、その後、司令部はピーターソン空軍基地へ移転してしまった。この十年間というもの、総面積二ヘクタールにおよぶこの地下基地は、いつでも機能する状態を維持されたまま、必要に応じてスタッフが詰めている。いま常駐しているのは最低限の基幹要員だけだ。

しかし、この午後のスターンは、人間の要員にはまったく興味がなかった。

スターンはひとりだけで、左手にそびえる装備ラックの影を歩いていた。空調機から絶えず大きな音を立てて吹きだす風にさらされて、震えがきそうになるのをこらえる。履いているブーツがコンクリートの床に掛けわたされた格子を踏むたびに、固い金属の音が響いた。その金属格子ごしに、すぐ下をくねる何本もの太いケーブルが見えている。ケーブルがつながっている先は、通路の右側にならぶ、外部から独立した研究ポッド群だ。各々のポッドに封入されているのは、いずれかのタイプのロボットだった。

　ジーという音を立てて光る蛍光灯は、ただスターンのためだけに灯されている。

　ここにある機械で、反復試験を実行するのに照明を必要とするものは、ほとんどないのである。ふだんは洞窟のような暗闇の中、人間に監督されることなく、複雑な機械がはてしなく稼動しているかと思うと、すこし気分が悪くなった。

　スターンは黄色い安全マークを塗られた固いコンクリートの上に乗り、ガラスと金属でできたとあるポッドの前に立った。この前に立つと、スターンはいつも動物園の展示施設——とりわけ、危険な猛獣の展示施設を思いだす。じっさい、強化型バ《B》イオ・セ《S》イフティ・レ《L》ベル・４施設は、信じがたいほど危険な生物を封じこめておくために設計されたものである。ただし、その危険な生物は、顕微鏡的な大きさしかない。

　三重窓ガラスの内側では、在国際宇宙ステーションのロボット宇宙飛行士《ロボノート》Ｒ３Ａ４にうりふたつの兄弟ロボットが、ぎごちない動きで実験を行なっていた。ロボットは将軍に気づくことなく、のろのろと、かつぎくしゃくとした動きで活動している。スターンはポッドの外にかかっているタッチパネルを軽くつつき、オンにした。灯ったディスプレイの表示によれば、いま遠隔制御《テレプレザンス》でロボットを動かしているのは学生のようだ。データの送信元はオーストラリアだった。ロイヤル

・メルボルン工科大学が所有する回線を通じて送られてきている。

カードキーをさっと通し、コードを入力して、生体認証のためカメラを覗きこんだ。オーストラリアからの入力はただちに遮断された。ひとことのコマンドも経由せずに、ロボノートは規定の状態にもどった。こちらに顔を向け、肩を怒《いか》らせたように見える姿勢をとり、虚無的な目をスターンにすえる。

スターンは接続番号をタッチパネルに入力してから、両手をうしろで組み、脚を揺すりながら待った。見ているうちに、衛星アップリンクがつながり、国際宇宙ステーションとの接続が確立された。今回のミッションについては刻々と不安がいや増していく。とりわけ心配なのは、クライン博士がアマゾンと連絡をとれず、地上班に充分なサポートをしてやれないことだ。それもあって、このさい、非公式に彼女の意向をきいておこうと思ったのである。

ロボットは彫像のようにじっと立ったままでいる。

遠隔制御系《テレプレザンス》のアプリケーションが実行され、対象が動きだす瞬間を見るたびに、スターンはいつも背筋がぞくぞくする感覚にさいなまれた。遠隔地にいる人間がロボットを制御しだすさまは、魂がボディに宿る瞬間を目撃するような感銘をもたらさずにはおかない。だが、待つことしばし、スターンはだんだん不安になってきた。接続はすでになされている。それなのに、なにも起こらない。なにか異常が発生したのだろうか。

そこでスターンは、ロボノートが自分を〝見ている〟ことに気がついた。

クライン博士はこの種の機械にすっかり住み慣れており、その制御ぶりがあまりにもなめらかで自然なので、はたからは彼女がロボノートのボディを動かしていることがわからない。かろうじてそれとわかるのは、本来なら〝表情〟のないカメラアイから意識らしきものが感じられるからだ。それはスターンに動物的なアドレナリンを分泌させた。

「クライン」

地下のロボットの不気味な視線を無視し、スターンは険しい声で語りかけた。

「スターン将軍」ソフィー・クラインの低くハスキーな声が答えた。

このことばは、国際宇宙ステーション《ＩＳＳ》から安全な回線で伝達され、ポッドの外殻に埋めこまれたスピーカーから発せられるものである。ひとつひとつの音節が、がらんとした高天井研究所の、金属だらけの内装上をすべっていくように思われた。自分が相手にしているのは、ロボットではなく、ロボットのように確固たる意志を秘めた女性――いまは頭上四百キロの高みで自由落下中のモジュールに住む女性にほかならない。スターンはそのことを自分に思いださせなくてはならなかった。

ＩＳＳでは、クラインがヘッドマウント・ディスプレイとグローブを装着していた。これを使えば、ほかのどの個体とも同じように、このロボットを自由自在に操れる。

「どうしてこのような形で連絡を？」クラインがたずねた。

「セキュリティのためだ」とスターンは答えた。「オフィシャルな衛星リンクでＩＳＳと接続すれば、なにもかも筒抜けになる。そこへいくと、きみのテレプレゼンス・データは暗号化されて、機械に対する指示の形でここへ伝送されてくるからな。ほかの音声回線やデータ回線も暗号化されてはいるが、ロシア人のことはきみもよく知っているはずだ」

ロボットはうなずいた。薄気味が悪いほど人間じみたしぐさに、スターンはぞっとした。

「つづけて」クラインがうながした。

うしろに組んだ手をぐっと握りしめて、スターンは語をついだ。

「ワイルドファイア・フィールド・チームだが、予定時間の正午になっても姿を見せなかった。きみが彼らと話をして以来、いっさい連絡がない」

「二、三時間、遅れているだけじゃないの？」

「だが、われわれはすでに代替プランを実行に移している」

「われわれ？」

スターンはその質問を無視した。

「封じこめだよ、クライン。例の特異体のうち、尖塔状の構造物は湖からまっすぐ上に伸びて、八百メートルの高さにまで成長した。主構造物のほうは、以前の倍以上のサイズに巨大化している。これ以上巨大化する前に、特異体の成長を抑えねばならない。われわれにとりうる手段はいくつかあるが、なかには……きわめて過激なものもある」

「第一次アンドロメダ事件を思いだしてほしいところね。核を使っても、因子はそのエネルギーを消費するだけよ。ただでさえ悪い状況を、この世の地獄へと変えてしまうだけ」

「われわれは軍事組織だからな。あらゆる戦いを記憶している。たとえば、一八一二年、圧倒的な大兵力でモスクワに攻めこんだナポレオンとその大陸軍《グランダルメ》を、どのようにしてロシアが打ち負かしたかだ」

ロボットはなにもいわない。ただ無表情にスターンの目を見つめている。スターンはまばたきをした。それでなんとなく、にらみあいに敗れた気がした。

「ロシア人はすべてを焼いてしまったんだ、クライン博士」声を落として、スターンはつづけた。「ロシア人は敵を飢えさせるために、自国の都市を焼き払った。寒さをしのぐ場所を失ったフランス軍は凍えた。食料が尽きて、飢えにも苦しんだ」

「苦しんだのはロシアの農民も同じよ」クラインは答えた。「将軍、もしかしてあなたは、焦土作戦を敢行しようとしているのかしら？　特異体周辺のすべてを焼きつくしたあとで……作物が育たないよう大地に塩をまくかわりに、液状なりエアロゾル状なりの形でアンドロメダ抑制液を散布して、抑制帯の包囲の輪を段階的にせばめていくつもり？」

「察しがいいな。信じるかどうかはまかせるが、合衆国空軍はいまでも焼夷弾《ナパーム》を製造している。今回の目的に見あった役目を果たすことだろう」

「あそこには先住民が住んでいるのよ？　いくつもの部族が、それぞれ独自の文明を築いて存続しているの。わたしたちのフィールド・チームが生存しているであろうことはいうにおよばず。それなのに、あのあたり一帯を焼きはらうというの？」

「わたしとて、そのようなまねはしたくない。だが、せざるをえないんだ。ほかの手段がないかぎり」

「それは国際的な決定？　すべての国が賛同したこと？」

「五十年以上前に下された、わが国による一方的な決定だ。第一次アンドロメダ事件後、非常手段規約が書かれたときに。この規約は国家の枠を超越する。それはいかなる犠牲を払っても人類の未来を確保しようという主旨の、苛酷な時代に書かれた、苛酷なルールなんだよ」

「その〝人類〟の範囲は？　あなたがいっているのは、わたしたちが意図的に接触を避けてきた、未知の先住民文化の数々を滅ぼし去るということよ。先住民の命はどうでもいいの？」

「ここへ倫理を論じにこられたのであれば、どんなにかよかっただろう、クライン博士。しかし、現実には、そうではない。わたしはここに、きみの専門知識を求めにきたんだ。これがわれわれの最後のチャンスになる。アンドロメダ因子を封じこめるなにか別の方法を思いつかないか？」

　R３Ａ４は身長を最大限に伸ばし、一対のカメラレンズをスターン将軍に向け、無言でじっと見つめた。機械の凝視は落ちつかない気持ちをいだかせたが、それでもスターンは目をそらさなかった。

「封じこめる最良の手段はね」とクラインはいった。「なにもしないことよ。ワイルドファイア・フィールド・チームに、もう二十四時間、与えなさい。あのひとたちがまだ生きているんだと信じることね」

　スターン将軍は、肺にためていた息をゆっくりと吐きだした。そして、

「じっくりと考えよう」と答えた。

22　特異体

密林の上で太陽がかたむき、森が薄暗さを増すとともに、はてしなくつづくかに思える樹々の天蓋は、一行に閉所恐怖をいだかせた。自分の手荷物に加えて、以前はマチース族のポーターが運んでいた装備もかついでいかざるをえなくなったワイルドファイア・フィールド・チームは、足の速いトゥパンを必死になって追いかけていく。少年はいま、急速に干あがっていく川の――〈カナリア〉が訳したところによれば〝川の死体〟の――土手にそって、泥にまみれた灌木《かんぼく》の横に走る道を進んでいるところだ。

トゥパンの通るルートは、どの地図にも載っていないものだったが、当人は住み慣れたホームタウンを歩く住民のように、迷うことなく、八時間近くにわたって一行を導いていた。うなりをあげる〈カナリア〉の群れを引き連れて影深き森を進むトゥパンの足どりは、自信たっぷりだ。科学者たちは、山刀《マシェッテ》で下生えを払い、土手ぎわのスポンジのような地面に足場を確保しながら、のろのろと進んでいった。まわりには黒々とした大樹の幹がそそりたち、枝葉の天蓋で空を覆い隠している。そうやって何時間も歩きつづけるうちに、ブーツとカーキ色のズボンはすっかり赤土にまみれ、からだのあちこちに飛び散った泥は、たちまち乾いた血のような不気味な様相を呈した。

移動のあいだ、一行はほとんど口をきかなかった。移動の速度が速すぎて、とても話ができる状態ではないのだ。湿った地面に足をあげおろしするたびに、クチャッという音がする。下草が脚をこする音も絶えることがない。それらの音に混じって聞こえるのは、ずっと遠くでときおり樹が倒れる音や、川水《かすい》がなかば水没した障害物をまわりこむ水音だけだ。

オディアンボは険しい面持ちで、黄褐色の泥川を眺めた。ごく最近まで、ここの水位はずっと高かったにちがいない。土手に生えた樹の根はますます露出して、なおも水位は下がりつつある。いったいなにがあったのだろう。川はいまにも消え去りそうだ。

しかしこの謎は、多くの謎のうちのひとつにすぎない。

力を失ってゆく陽光のもと、全員が黙々と、機械的に歩きつづけるうちに――なんの前触れもなく、突如として密林が途切れた。旅の終わりを示す、明白で劇的な徴候はいっさいなかった。むしろその正反対だった。

最初に気づいたのはポン・ウーである。

十五階建てのビルほどの高さがある、蔓のからみついたウィンバの樹――その基部から周囲に張りだした根を迂回していく途中で、いきなり夜になったかのように、目の前が真っ暗になった。そこから先に下生えはなく、絶えず振るいつづけてきたマシェッテが空を切ったため、左右を見まわしてみると、下生えも樹も蔓も、怪物じみた影の側で萎縮《いしゅく》し、枯れてしまっている。

とうとう特異体に到達したのだ。

ウーは呆然と口をあけ、目の前の虚無を見つめた。つかのま、軌道上の天宮一号にもどって、宇宙空間の魂を吸いこまれるような暗黒を眺めているのかと思った。ふと近くに目を向けると、トゥパンが恐怖と好奇心のないまぜになった表情でこちらを見ている。ウーはしっかり口を閉じ、驚愕の表情を顔から消し去った。

何秒かして、ほかの科学者たちもよろよろと追いついてきて、足をとめ、ウーの横に立った。一帯を押し包む静謐《せいひつ》の中、全員で特異体ののっぺりとした表面を見つめる。

漆黒の構造物は独特の禍々《まがまが》しさを秘めていた。その色は黒であり、緑でもあり、紫でもある。ソーラーパネルを見ているような感じといえばいいだろうか。表面は油膜のような光沢をたたえ、午後遅めの陽光を反射してぎらぎらと虹色の光を放っている。基部は大地に深く食いこんでいるらしく、周囲の地面はしわだらけのスカートのように波打っていた。あたりにただよう臭気は、土の放つそれなりに心地よいにおいとはまったくちがう。

黒い構造物の向こうには、樹々の天蓋にはばまれてはっきりとは見えないが、ほっそりとした六角柱のシルエットがくっきりとそそりたっていた。とても立っていることが可能とは思えないほど細く、高い。空に一本、縦の境界線が走っているかのようだ。なんのためのものかは見当もつかない。あとでオディアンボがいったように、それには深い洞窟系の奥に見られる、尖塔状の石筍《せきじゅん》を思わせるものがあった。

「なんてことだ……」

だれかがつぶやいた。ほかの科学者はなにもいわない。ついに遭遇したミッションの目的を、自分の目で観察するのに余念がないのだ。

ジェイムズ・ストーンは両手をひざにつき、倒れまいと必死になっていた。こめかみがはげしく脈打っているのが感じられる。心臓が搏《う》つたびに視界が揺らぐ。目の前に広がる光景は本能的な恐怖を呼び覚まし、それで分泌された純粋なアドレナリンが、炎となって全身を駆けめぐっている。常識ではありえないはずのその恐怖は、しかし妙に馴じみ深く、改めてストーンを呪縛《じゅばく》し、何度も何度も見た悪夢を思いださせた。

構造物の周辺の、すべてが枯死した一帯には、ルビー色のきらめきが見える気がする。まるで凝固した血のようだ。足の下の乾いた土も、血漿《けっしょう》が乾いたあとの微粉に似ていた。特異体からは悪臭を孕《はら》む熱風が吹いてきており、それが微粉を空中にただよわせている——あたかも、砂漠の砂の上で血液が凝固し、その微粉を吹き散らしているかのように。

すぐとなりに、ヴェーダラが立っていることに気がついた。片手には衛星電話を持っている。ストーンは首にかけたタブレットを使い、環境分析の結果をチェックした。それから、苦労してつばを呑みこみ、ヴェーダラにたずねた。

「有毒物質は検出されていない。灰は地面に定着したにちがいない。つぎはどうする?」

「あったはずの空き地が消えている……」ヴェーダラは淡々と答えた。「わたしたちが出発した時点よりも、特異体が成長したにちがいないわ。ここでも樹の天蓋にさえぎられて、通信衛星につながらない」

ヴェーダラは頭上をふりあおいだ。夕暮れにはまだすこし早く、いまも青空が見えているが、その青空は細くて、ごくわずかだ。目の前にそびえる特異体の表面と、その表面ぎりぎりにまで忍びよる混沌とした密林のあいだには、もはやそれだけしか隙間がないのである。ヴェーダラは幼な子に高い高いをするように、衛星電話を両手で持って高くかかげた。衛星電話には医療器具の舌圧子《ぜつあつし》に似た、黒いアンテナが取りつけられている。アンテナバーは一本も立たず、暗いままだった。

トゥパンは林縁《りんえん》の外にいて、ひどくおもしろがっている顔でヴェーダラの動きを見つめている。だが、フィールド・チームのメンバーたちはおもしろがるどころではない。ヴェーダラの険しい表情が、一行の置かれた状況の深刻さを雄弁に物語っていたからだ。

「ほかにアプローチの方法はないのかい？　衛星経由では通じそうにないが」ストーンがいった。

衛星電話を見つめたまま、ヴェーダラは答えた。

「これはイリジウム衛星電話で、その通信範囲はというと、高度七百八十キロの極軌道をめぐる、六十基以上のイリジウム衛星でカバーされているの。衛星群はつねに動いているから、一基でも真上に移動してきたら、つながる可能性はあるわ」

「しかし、つながらなかったら？」これもストーンだ。

ヴェーダラは視線を降ろし、一同を見まわした。

「連絡がつかなければ、当局はわたしたちが死んだものと見なすでしょう。そして、わたしたちが死んだと判断すれば……予備のプランに移行するわ」

「そんなに悪いプランなのか、それは？」

「よいものとはいいがたい」答えたのはポン・ウーだった。「軍の本能としては、この一帯全域を消滅させようとするだろう。われわれもろとも、完全に」

現在の時刻は、予定時間を五時間過ぎていた。

ポン・ウーが特異体のそばの地面にバックパックを降ろした。そして、紙に印刷された一帯の地形図を手早く取りだした。地形図に顔を寄せて、データをじっくり見てから、ウーはいった。

「ニディのいうとおりだ。これは成長している。なにもかも大きく変わってしまった。とくに、この構造物だ。われわれが出発したときよりもずっと巨大になっている」

「なるほど」オディアンボが母語のスワヒリ語《ハイヤ》でいった。「しかし、どうしてそんなことがありうる？　建築がなされた形跡はない。まるで、これが生きて成長しているみたいではないかね」

「わかった、ひとまず〈カナリア〉で調査を──」ストーンがいいかけた。

だが、オディアンボは片手を横にひとふりし、その先を制して語をついだ。

「いや、待ちたまえ。この音は──なんだ？」

周囲の植物──歪曲《わいきょく》し、ねじくれた枝や干からびた葉が、いつしかざわざわとさやぎはじめていた。特異体の表面にそって、下から上に向け、温かい風が吹きあげており、それが林縁の樹々をざわつかせているのだ。

「妙だな。樹の天蓋の下ではめったに風など吹かないのに」オディアンボがいった。

「特異体はこの高さだもの。周囲の風の流れを左右しているんでしょう」ヴェーダラがいった。
「それはなかろう」オディアンボは否定した。「風は下から上に吹いているんだから」
トゥパンが怯えた声をあげ、あとずさった。その黒髪が徐々に強まりだした風にあおられてい
る。と、足もとの地下深くから、深く響く地鳴りの音が轟きだした。鳴動する密林の中、科学者
たちは両手を広げてバランスをとり、恐怖の目で顔を見交わした。
ここでストーンが、首にかけたタブレットで〈カナリア〉ドローンの一機から送られてくるデ
ータをチェックし、映像モードを可視光から赤外線に切り替えた。赤外線で見る特異体の表面は、
まばゆいほど白く燃えたって見えた。
「後退しろ！」ストーンは叫び、あとずさりだした。「どんどん高温になっていく！」
「どういうことだ？」ウーが叫んだ。マシェッテを握りしめたまま、黒い壁のそばに立った少佐
の長い黒髪が、上昇気流の起こすつむじ風にあおられて翻《ひるがえ》っている。「なにが起ころうとして
いる？」
深い地鳴りの音がしだいにかんだかくなっていく。地下のどこかで、何トンもの土と岩と根が
はげしく揺れ動いているかのようだ。いっぽう、特異体の表面は脈動していた。というよりも、
目でとらえきれないほどの速さで振動しているらしい。
「もうじきわかる」オディアンボがいって、ウーの肩をつかみ、林縁に引きよせようとした。
だが、ウーは動かない。値踏みするような目で特異体を見あげている。まっすぐ伸ばした手に
持つマシェッテが震えていた。そこでウーは、オディアンボの手をふりはらい、さらに前へ踏み

だして、マシェッテの刃先を振動する黒い表面に押しつけた。

「ポン！」熱風を受けてあとずさりながら、オディアンボが叫んだ。「やめるんだ！」

一瞬、なにも起こらなかった。

と思ったとき、マシェッテの鋼《はがね》の刃が変色しだした。刃先に端を発し、そこから根元に向けて、ゆっくりと波状に色が変わっていく。いったん暗い赤になり、ついで明るいオレンジ色になり、とうとう刃先がまばゆい黄白色になったとき、ウーは悲鳴をあげて手を放し、マシェッテが密林の地面に落ちた。地面からジュッと蒸気が立ち昇った。白熱した鋼の中で、炭素成分が星々のようにきらめいている。まるで終末の夜空のようだ。

「酸化している……」前腕で顔をおおい、あとずさりながら、ウーがいった。「鋼の色から見て、摂氏千度以上はあるだろう」

密林の天蓋が作る不規則な線の揺動がとまらない。無数の枝がきしみ、無数の葉がざわざわと揺れている。と、おびただしい莢が何十メートルも上から降りそそぎ、かさかさと地に落ちた。それにつづいて、乾いた雪のように降ってきたのは、干からびた葉や地衣類や樹皮だった。

両手で頭をおおい、降ってくる落下物を防ぎながら、熱源から安全な距離をとるべく、密林のすこし奥に引っこんだ一行は、畏怖の面持ちで特異体の表面を見つめた。そこで一行が見た光景は、のちに回収された映像に残ってはいたものの、ひどくぼやけていて、超解像度技術を用い、徹底的に加工しても、再現することはできなかった。

まず、特異体の表面に、突如として無数の六角形模様が出現した。爆発的な出現ぶりだった。

回転しているように見える六角形の大集団は、たがいに重なりあい、混沌とした催眠術的効果をもたらしている。この現象を見た直後、ニディ・ヴェーダラが立てた推測は、この無数の六角形が、何兆という微細なアンドロメダ微粒子の構造を、マクロレベルで再現したものではないかというものだった。六角形に見える各パターンは、一定のリズムで回転しており、白い天井を背景にしてまわる天井扇の羽根が止まって見えるように、光学的に六角形の状態で固定して見えるのではないか――。

　それはどのような観点から評価しても、めくるめく光景だった。

　このとき、衛星がとらえていた映像には、特異体の表面が一回、どくんと脈打ち、ぐっとかしいだのち、振動が波紋のように構造物全体を駆けぬけるさまが映っている。大きな地揺れと回転する六角形群は、人の見当識を著しく失わせ、ポン・ウーの意識を奪い、地に倒れさせた。

　つぎの瞬間、ひときわ強烈な熱波が特異体の壁面からほとばしり、湿った多雨林を吹きぬけた。科学者たちは樹々のあいだで身を寄せあった。

「これがなにか知っているわ！」ヴェーダラが叫んだ。だが、その叫び声は強風にかき消され、当人にしか聞こえていない。「これがなんなのか、具体的に知っている！」

　最後に、特異体全体が紫の閃光《せんこう》を放ち――ぐんと巨大化した。外へ、上へ、あらゆる方向へ、三十センチずつ、爆発的に膨れあがったのだ。目の錯覚が見せる六角形模様が、いっそう鮮明に浮かびあがったのち、しだいに薄れだし、回転しながら虚無的な壁面に呑みこまれた。カメラのレンズの絞りが絞りこまれて、点になるような感じだった。

密林のざわめきがとまり、静寂がもどってきた。

「ありえない……ありえない」恐怖でかすれた声で、オディアンボがつぶやいた。

「成長した……」だれにともなく、ストーンがいった。「前よりも、さらに大きく」

意識を取りもどしたあとも、ウーは根と根のあいだにはまりこむようにしてすわりこんでいた。立ちあがったのは、ストーンが手を貸してくれてからだ。肥大化現象の発生中、ウーが失神していたことに気づいた者はひとりもいなかった。泥にまみれ、こぶもできた後頭部をそっとさする。自分が失神していた事実をうかがわせることはいっさいいわなかった。

ヴェーダラはフィールド・チームのメンバーたちを見まわした。まるで初めて彼らの顔を見るかのような眼差しだった。その顔は赤く焼けている。ヴェーダラだけではない、全員の顔が軽く日焼けしたような状態を呈していた。たったいま一同が見たものは、説明不可能な事象だった。しかし、材料科学の専門家である彼女には、すくなくともひとつわかったことがある。特異体が人類のテクノロジーよりもはるかに高度なそれを体現しているということだ。

しっかりとした、落ちつきを感じさせる声で、ヴェーダラは一同にいった。

「わたしたちがいましがた目撃したものは、人類の既知の科学的能力を超えているわ。あれの試料を顕微鏡で見られれば確認できることだけれど、賭けてもいい、この特異体全体が、アンドロメダのナノ材料《マテリアル》でできているはずよ。この構造物は、たったいま、ある種の……〝有糸分裂〟を行なった、というのが最適の表現でしょう。つまり、細胞分裂よ。ひとつひとつの微粒子が分裂して、自分自身の複製を作ったの」

「その説は前にも聞いたことがある」ストーンがいった。「第一次アンドロメダ事件のときに、父がそういうふるまいを記録している。ただし、父とレヴィット博士が観察したその現象は、顕微鏡スケールで起こったことだった。紫色に光ったとたん、細胞分裂に似た現象が起きたんだ」「しかし、どうやって？」ウーが問いかけた。「こんなところで、なにをエネルギー源にして分裂できるというんだ？」

答えたのはオディアンボだった。

「窒素。二酸化炭素。リン。アマゾンにはさまざまな元素が大量にひしめいていて、いつでも使える状態にある。それらを変換するシステムがあるということだろうな」

「すると、土そのものが……空気が……」ストーンがいった。

「そのとおり」ヴェーダラが答えた。「わたしたちの友人のトゥパンは、最初から的確に表現していたようね。特異体は、密林そのものを〝食っている〟んだわ」

23　非常手段

あまりにも長かった一日がようやくおわろうとしていた。ニディ・ヴェーダラは、特異体から充分離れた森の奥――ただし、特異体が見える範囲のところで夜営をしようと提案した。科学者チームのうちで、密林での生存訓練をちゃんと受けているのは、ポン・ウーだけだ。中国南部の雲南《ユンナン》省にある西双版納《シーサンパンナ》の多雨林で最終基礎訓練を完了している。科学者の立場で参加してはいるものの、その経歴上、安全な夜営地を確立するのは、ウーにまかせておくのがいちばんいい。

ヴェーダラとしても、これは望ましい役割分担だった。彼女の見るところ、いまのウーには、なにか集中する対象が必要に思える。全員の心を乱したあの成長現象により、ひときわ動揺しているらしいのがウーなのだ。

焦げた山刀《マシエッテ》を回収したウーは、葉が焼け落ちた樹々の奥――特異体の下の、泥川が流れだしている場所から十メートルほど離れたところで、下生えや枝を払いはじめた。川をまたぐ構造物の表面には、トゥパンの話に出た六角形のトンネルが口をあけていた。その口は、いまは黒い煙を吐いてはいないが、黒々としたトンネルが不吉な印象をもたらしていることに変わりはない。

ウーがマシェッテを振るって枝を払う鈍い音が、樹々のあいだで平板に響いている。夕暮れを迎えて、葉が焦げた樹々の天蓋のわずかな隙間を抜けてくる陽光は、力なく、弱々しい。

黄昏《たそがれ》の中、夕空には奇怪な特異体が――主構造物と、その向こうの黒々とした極細の六角柱が――高く高くそそりたっていた。その金属質の表面は最後の陽光を吸いこんで、底知れぬ海の深みから浮かびあがってきた大海獣《レヴィアタン》の、斑紋だらけの体表のようにきらめいている。

ヴェーダラの見積もりでは、チームが出発した三日前とくらべて、特異体はほぼ倍の大きさに巨大化していた。彼女としては、本能的に、森の奥にいるほうが安心できた。チームの者もみな同感だろう。構造物の表面と密林の林縁《りんえん》とを隔てる、焼け焦げた不毛の細い赤土帯からは、なるべく距離をとっておきたい。

地球外からの容赦なく苛烈な特異体は、なにか悪意を秘めているように思えるからだ。

ウーがひとりで作業をしているあいだに、チームのメンバーはそれぞれいつもの科学的分析をはじめていた。ガイドに逃げられ、合衆国北方軍《NORTHCOM》とも連絡がとれないフィールド・チームだが、それぞれがメンバーに選ばれた理由を証明しつつある。さきほどの肝をつぶす現象のあとだというのに、ストーンとオディアンボは早くも、好奇心と探求心に駆られて本来の仕事に邁進《まいしん》していた。

なんといっても、地球最大の謎が、すぐ手のとどくところにあるのだ。

ヴェーダラ自身は、衛星電話を手に、なんとかして衛星アップリンクを確立し、司令部と連絡をとるべく、特異体の外周にそって移動しながら、天蓋の切れ目を探していた。圧倒的な大きさでそびえる特異体のそばでは、ヴェーダラは矮小な存在でしかない。それでも、懸命に接続努力をつづけた。拡張しつづける構造物によって、外周周辺の小径《こみち》には枝葉の破片が作る迷宮ができあがっており、すりぬけていくのはたいへんだった。だが、どれほど進んでも、衛星電話はアンテナバーを立ててくれず、頑としてつながることを拒否していた。

いっぽう、ジェイムズ・ストーンとトゥパンは、もはや離れがたい関係になっていた。密林の林縁で、ストーンはまず、反応抑制剤の缶をよく振った。トゥパンはそれを興味津々の目で見ている。ストーンは噴霧口を自分の前腕に向け、トリガーを引いた。抑制剤のこまかな霧が細長く噴きだした。トゥパンは肝をつぶし、足を地にすってすばやくあとずさると、両手の指を使って、見まがいようのない〝ヘビの毒牙〟を形作り、動揺した声でストーンの名を呼んだ。

「ジャーメイズ！」

ジェイムズ・ストーンは、笑いながらかぶりをふった。

「だいじょうぶ、ヘビじゃないよ。むしろ鎧《よろい》だな。強いぞ」

そばに浮かぶ一機の〈カナリア〉がそれを通訳した。トゥパンはためらいがちに両腕をつきだし、ストーンが被膜をスプレーするのを許した。その間《かん》、トゥパンはストーンに顔を向けたまま、目をぎゅっと閉じ、息をとめていた。そのようすは、海辺で日焼けどめを塗ってもらう、どこにでもいる子供そのものだった。噴霧がおわると、トゥパンはぱっちりと目をあけ、白い歯を見せてにっこりと笑い、何度も何度も同じことばを口にした。

「よろい。つよい」

ハラルド・オディアンボのほうは、折れた樹の幹にすわり、たくさんある複雑な地震センサーの数を確認していた。ひどく退屈な作業ではあるのだが、オディアンボにしてみれば、こういう作業もまた楽しい。手慣れたしぐさで、悠然と、地震センサーが正常に機能することをたしかめては、つぎつぎにバックパックの外側にあるメッシュ・ポケットにつっこんでいく。

理解不可能な構造物に対し、ほかの者が恐れをいだいているのとは対照的に、オディアンボはむしろ、その巨体に奇妙に心をなごませるものを感じていた。

というのも、深い尊敬を集めるこの老科学者は、この十年間を、地球外地質学——他の惑星の内部構造を研究する学問にうちこんできたからである。この特異体には、自然の存在にはあたりまえの不均等さが見られない。そして、そこに見られる非人為的構造には、人類の手になるものとは決定的に異なる美しさがある。

ケニアで育った少年時代、オディアンボがいつも魅了されていたのは、シロアリの築く巨大な蟻塚《ありづか》だった。この種の蟻塚は、原初の草原のそこかしこに点在しており、風雨にも崩れず、捕食動物を防ぎ、ときおり発生しては乾いた草を焼きつくす野火にもよく耐える。しかも、完全自足型で、天然の素材だけでできており、内部に棲む十億匹もの小型生物は、何千年もつづく複雑な社会を維持している。

少年のころのオディアンボは、よくシロアリにとっての超巨大都市に小さくなって入りこみ、微小な通路を探険する空想にふけったものだ。空想の中で見た、曲がりくねった無数の通路には、非人間的な全体構造が反映されていたことを憶えている。長じて、研究を完成させるため、世界じゅうを旅してまわった彼は、訪問先のあらゆるところで、人間が自然を侵蝕し、触れるすべてを破壊しては造り変えるさまを目《ま》のあたりにした。あらゆる潜在的棲息環境に対して、人は滅びの波をおよばせていたのである。

そして、人類の科学的な勝利を見れば見るほど、アフリカのシロアリや彼らが築く巨大都市を高く評価するようになった。平原の泥で建設された、あたかも異種知性が築いたかのような蟻塚は、生態系と調和して繁栄している。そのような調和を人類文明がなしとげたところを、オディアンボはいまだに見たことがない。唯一の例外は、この多雨林に住み、生活している先住民だけだ。

バックパックのメッシュ・ポケットにたくさんの地震センサーを詰めこんだオディアンボは、ひとまず満足して、すわっていた太い倒木から滑りおり、特異体ぞいの小径を歩きだした。地面の状態を見つめながら進むうちに、途中で立ちどまり、この年齢にしては驚くほど柔軟なひざを曲げてしゃがみこむ。おもむろに、メッシュ・ポケットからこぶし大の地震センサーを一台取りだして、ドリル状の先端を荒れた地面に突き刺し、手慣れたしぐさで上半分をぐいとひねった。青いLEDランプが点灯し、埋設開始を告げる音が響いた。

曲げていた脚を伸ばし、立ちあがる。バックパックの重みで、どうしても背中を曲げてしまうオディアンボの足もとで、地震センサーが始動し、蓄えていた電力を一気に解放してドリル型の下部を回転させ、地中に潜りこみはじめた。センサーが地表より下にすっかり潜ってしまうのを待たず、オディアンボは先へ進んだ。

同じようにして、特異体の外周ぞいに、ぜんぶで十六台のセンサーを埋設していった。暗黒に通じる例の〝口〟付近には、黄色い水の流れる川にそって、もう数台を埋設した。

この時点でも、ヴェーダラは衛星電話を見つめたまま、なおも特異体の外周にそっていったりきたりをくりかえしていた。そのうち、ジェイムズ・ストーンのそばを通りすぎた。ストーンは特殊バックパックの充電止まり木《パーチ》についた泥をせっせと落としている。泥を落としながら、トゥパンにバックパックの内部構造を見せていた。トゥパンはなかなか呑みこみのいい生徒らしい。周囲に浮かぶ数機の〈カナリア〉のうち、トゥパンにいちばん近い個体が、ときおり通訳をしているようだ。そうしていると、ふたりはとても充足しているように見える。

つぎにヴェーダラがストーンのそばを通りかかったとき、ロボット工学者は作業の手をとめ、なにかに耳をすますようにして首をかしげた。

「その音――電波干渉の音じゃないかな」

「どういうこと？」ヴェーダラは聞き返した。

「その衛星電話はデジタル方式だろう。アナログ式無線機のようなノイズは出ない。いま聞こえている音は、電磁干渉が原因だよ――作動中の電子レンジのそばで電波が干渉を受けるのと同じ理屈だ」

「電磁干渉には納得がいくけれど、どこにそんな干渉源があるというの？」

最後までいいおえないうちに、当然、ヴェーダラにも答えがわかった。上をふりあおぎ、緑色を帯びた黒い構造物を見あげる。ついで、特異体に歩みより、衛星電話をダウジング・ロッドのように突きだした。ノイズが急に大きくなった。短いアンテナを表面に触れんばかりに近づけると、ノイズはけたたましいほどになった。

「こんなこと、聞かされていなかったわ」

がっくりと肩を落として、ヴェーダラはつぶやいた。

ストーンが立ちあがり、両手を腰の背中側にあて、のびをしながら特異体を眺めやった。落日の最後の光を浴びてきらめく表面を、目を細めてじっと見つめる。それから、こういった。

「ぼくらが出発したときよりも大きくなっているんだ。この電磁干渉にしたって、そのあとに始まったものかもしれないじゃないか」

「でも、なぜ電磁波を出しているのかしら」

そのとき、大きなバックパックが付近の地面にどすんと置かれて、

「出すのは当然だろう」と声がいった。

ストーンとヴェーダラは、声がしたほうをふりかえった。そこに立っていたのは、汗みずくのオディアンボだった。老人はしばし、目をつむってその場に立っていた。密林の奥では、樹の天蓋の下側のほうで、鳥たちが鳴き交わしている。この間《かん》、呼吸をととのえるためだろう、オディアンボは大きく、長く、鼻から息を吸っていた。ややあって老科学者は、

「発電しているからさ」といった。「明快だ」

「どんな手がかりに気づいたんだ、ハラルド？」ストーンがたずねた。

オディアンボは目を開き、にっと笑った。

「これがどうやってここにきたのかはわからない。なぜなのかもわからない。だが、これがなにかは説明してやれると思う」

ポン・ウーもそばにやってきた。興味をそそられたようすで聞き耳を立てている。

「わたしの地震センサー群が、一帯からデータを収集してきた」オディアンボはつづけた。「ほとんどの反応は、川のやや左にある開口部の周辺に集中していた。水流の地下に探知されたのは機械の振動だ。きみたちの観測結果とも総合して考えると、完璧な仮説が得られたと思う」

オディアンボは巨大な特異体を見あげ、驚異の眼差しを向けて先をつづけた。

「この構造物は、人類の既知のいかなる材料でもできていない。その構築技術は謎に包まれている。しかし、その目的は明々白々だ。われらが特異体は——単純素朴なダムなんだよ。そして、ダムの存在意義はひとつしかない。水力発電だ」

「なんのために発電を？」ヴェーダラがきいた。

「それはこれから見つけるしかないな、友人諸君」オディアンボはそういって、トンネルの入口を指さした。「あそこから中に入ったあとで」

そのことばの意味が一同の胸に落ちはじめたまさにそのとき、衛星電話から接続を告げる音があがった。機械をしっかり持ったまま、ヴェーダラは驚きの混じる安堵の表情を衛星電話に向けた。だが、その表情はたちまち、混乱と失望のそれに取って代わられた。

「妙だわ」とヴェーダラはいった。「イリジウム衛星のどれかとつながったわけじゃない。つながったのは、別のなにか……」

　その先はノイズの嵐でさえぎられた。

「ワイルドファイア・フィールド・チーム」ノイズに混じって、衛星電話がいった。「こちら、クライン。聞こえている？」

　特異体と密林のあいだにわずかに覗く細い夕空を見あげて、ヴェーダラは驚異に目を見開いた。国際宇宙ステーション《ISS》は高度四百キロの軌道をとって地球をまわっている。この通信がどの程度つづくものか、ヴェーダラは暗算した。ＩＳＳが地平線の陰に隠れ、通信ができなくなるまで、長く見積もっても五分がいいところだ。

「こちらワイルドファイア。聞こえている。くりかえす、聞こえている。なんとかぶじよ」

「了解」ソフィー・クラインの声がいった。「そちらの状況は？」

「よくないわね。でも、まだミッションは継続中。北方軍《NORTHCOM》とは連絡がつかないの。そちらで中継できる？」

「接続時間が数分だから。そちらが地平線の陰に入りしだい、メッセージを伝えておきましょう。共有すべき新しいデータは？」

「いまデータを送るわ。待機して」

　すでにラップトップ・コンピュータを取りだし、ヴェーダラのそばでもどかしげに待ちかまえていたストーンが、さっそく衛星電話のデータ・ポートにケーブルをつなぎ、データ送信を開始した。

ＩＳＳ上で、クラインの周囲にならぶモニター群にデータが表示されだした。膨れたゴムノキの幹から分泌される乳液に、不自然な六角形模様が浮かぶ画像が映った。別のスクリーンでは、マシャード族の異様な死体の画像がつぎつぎに切り替わっていく。顔には銃撃を受けた傷からの血飛沫《ちしぶき》が飛び散り、皮膚には金属質のように見える突起がいくつも生じている画像だった。

クラインはいった。

「先住民と接触したようね。これはブリンクのしわざでしょう？」

「そう、ブリンクの」ヴェーダラは答えた。

「先住民はみんな感染していたようだけれど。感染経路は？」

「わたしたちは、特異体と接触したからと見ているわ」

ここでストーンが、ヴェーダラの肩をつつき、耳打ちした。

「残りのデータは、つぎにＩＳＳが上にくるまで待たないといけない」

ここで、クラインが見ているモニターのひとつに先住民の少年が映った。明らかに生きている。光沢のある赤いベニノキ染料《ウルクム》の薄い化粧の下で、その顔にはありありと警戒の表情が浮かんでいた。クラインは歯のあいだから鋭く息を吐きだした。心の中の演算機構が高速で処理を実行し、自分が見ている画像群同士を結びつける共通項をサーチしだす。ほどなく、ひとつの接点を見いだした。

（グレイの灰だわ）少年のからだには、どこにもグレイの灰がない。

「その子は生き延びたのに、ほかの者たちは無理だった」クラインは地上にそう送信した。「その子はなにか手がかりになることをいっていた？　爆発についてはどう？」

「密林の中ですごい咆哮があがったといっていたわ」ヴェーダラが答えた。「あと二分」

「当然よ」すこしマイクから離れて、クラインはつぶやいた。

「いま、なんと？」

「ＡＳ‐３は、血液中に入りこまないかぎり無害なの。ほかの者には鼻孔のまわりに灰がついているわね。その子にはそれがないでしょう」

ポン・ウーはすぐにその意味を察し、衛星電話にこう説明した。

「この子は特異体に近づくことを許されなかった。それにこの子は、ほかの者たちが咳きこんでいたともいっていた。爆発によってアンドロメダ物質がエアロゾル化したのなら、塵雲《じんうん》や煙の形で一帯にただよっただろう。先住民たちは呼吸器からそれを吸いこんだ。そして、微粒子が上肺野の血液空気関門を越えて血液中に入りこみ、感染した」

「爆発で微粒子が撒き散らされたのなら、その煙を吸っただけでも感染するかもしれないがね」ストーンが補足した。「血液暴露でも感染する。第一次アンドロメダ事件のときと同じように」

頭にあったのは、肩に受けた傷から感染したブリンクのことだった。

「表面の六角形パターンは？」ヴェーダラが問いかけた。

「自己複製よ」クラインが答えた。

ヴェーダラは困惑の表情で衛星電話を見つめた。ＩＳＳとの通信可能時間は、残りあと一分。

「どうしてそうだとわかるの？」ヴェーダラは問いを重ねた。「前にもこういう事例を見たの？

それとも、なにか新しいデータが？」

「早急に、隔離地域の外に出なさい」クラインが口早にいった。

「それはできないわ」ヴェーダラは頑《かたくな》に拒否した。「その理由はなに？」

「これは警告よ」急いでしゃべろうとするあまり、クラインの答えは聞きとりにくくなっていた。

「あなたがたが持っている安全装備では不充分なの。早く隔離地域の外に出て」

「地上の調査隊と連絡がつかない場合の、ＮＯＲＴＨＣＯＭの規定手順はなに？」ヴェーダラはたずねた。「わたしたちは危険な状態にあるの？」

「わからない。あなたがたは――」

「なぜＮＯＲＴＨＣＯＭに中継しないの？」ヴェーダラの口調がきつくなった。

「ここには中継するだけの設備が――」

「寝言はやめて。ここでなにが起こっているの？　なぜわたしたちを引きあげさせたがるの？」

丸五秒、無音の状態がつづいた。

「ブリンク軍曹を出して」ややあって、クラインが決然とした口調でいった。

ヴェーダラはためらった。ソフィー・クラインのことばに対する疑念は深まるいっぽうだ。ほかの科学者たちを見やり、黙っているようにと、自分の唇に人差し指を当ててみせる。それから、かぶりをふり、口だけを動かしてみせた。

〝なにか変だわ〟

衛星電話に向かって、ヴェーダラはあえて嘘をついた。

「ブリンクなら、マチース族を連れて食料調達に出ているわ。もうじきもどってくるでしょう。あと十五秒」

残されたわずかな時間が経過するにつれ、通信にノイズが走りはじめた。そこで、クラインの声が早口でいった。

「伝えて……ブリンクに伝えて。わたしが貸したオメガの時計、あれをだいじにあつかうように。これはきわめて重要なことだと伝えてちょうだい。いい、オメガよ」

ヴェーダラは科学者たちを見やった。だれかクラインの不可解なことばの含みに気づいた者はいないだろうか。彼女の不安の眼差しは、すぐさまポン・ウーの顔にとまった。元戦闘員は下唇を噛み、紅潮した頬をかすかに震わせている。

「ソフィー？　あなたがなにをいおうとしているのか――」ヴェーダラはいいかけた。

だが、その先をつづけるひまもなく、ウーが手を伸ばしてきて、衛星電話のスイッチを切った。

ほかの者たちは呆然としてウーを見つめた。

ウーはいちど、深呼吸をした。わななきがちに、深々と息を吸う。

「ポン？　どういうこと？」ヴェーダラはたずねた。

返事をしないまま、ウーは細腰にかけているポーチに手をつっこみ、震える手で小さな黒いプラスティック・ケースを取りだした。慎重にそれを開き、濃厚な琥珀色の液体が詰まったガラスの小瓶をすべりださせる。それをゆっくりとひっくり返し、刻印がある面を上にした。薄れゆく陽の光のもとで、全員がそこに記された文字を認めた。

〈オメガ〉とある。

「これはブリンクの私物から回収したものだ」ウーはいった。「黙っていてすまなかった。だれを信用していいかわからなかったので」

ニディ・ヴェーダラは、小瓶とケースをそっと手にとった。目の前にかかげ、中身をしげしげと見つめてから、かぶりをふり、慎重に小瓶をケースにすべりこませ、自分のポケットにしまいこむ。

軍務経験のないストーンには、なにがなんだかよくわからなかった。トゥパンはストーンを守るかのようにそばに立ち、ヴェーダラのポケットの膨らみに疑わしげな目を向けている。

「きみは、つまり……それが毒だと……」ストーンがいいかけた。

オディアンボが押しかぶせるようにいった。

「十中八九、神経作用物質だな。この手の物質を調達できるのは、国家がバックについているプロジェクトにかぎられる。製造可能なのは、きわめて高度な装備のととのった化学施設のみだ。なんらかの表面なり、食物や飲料なりにたらせば、ここにいる全員を苦しむことなく即死させられるだろう」

怒りの波がヴェーダラの身内を駆けめぐった。衛星電話を片手にたたきつける。ポン・ウーがなぐさめるように、ヴェーダラの肩に手をかけた。

「理由はわからないが」とウーはいった。「この点は明白だろう。ソフィー・クラインは……われわれ全員を殺させようとしたんだ」

訳者略歴　1956年生，1980年早稲田大学政治経済学部卒，英米文学翻訳家　訳書『七王国の騎士』ジョージ・R・R・マーティン，〈ハイペリオン四部作〉ダン・シモンズ，『ジュラシック・パーク』マイクル・クライトン（以上早川書房刊）他多数

アンドロメダ病原体《びょうげんたい》—変異《へんい》—〔上〕

2020年５月20日　初版印刷
2020年５月25日　初版発行

著　者　マイクル•クライトン
　　　　ダニエル•H•ウィルソン
訳　者　酒《さか》井《い》　昭《あき》伸《のぶ》
発行者　早　川　　浩

発行所　株式会社　早川書房
東京都千代田区神田多町２－２
電話　03-3252-3111
振替　00160-3-47799
https://www.hayakawa-online.co.jp

印刷所　三松堂株式会社
製本所　大口製本印刷株式会社

定価はカバーに表示してあります
ISBN 978-4-15-209936-5 C0097
Printed and bound in Japan
乱丁・落丁本は小社制作部宛お送り下さい。
送料小社負担にてお取りかえいたします。